八幡炎炎記

村田喜代子
Murata Kiyoko

平凡社

八幡炎炎記

一

もしも、瀬高克美が小糸親方の女房のミツ江と深い仲になり、手に手を取って二人で九州へ駆け落ちをしなかったら、その二年後の昭和二十年八月六日午前八時十五分、広島に落ちた原子爆弾でたぶん命を落としていただろう。

親方の営む紳士服店「テーラー小糸」は市内のほぼ中央、落下目標地点の病院や相生橋《あいおいばし》辺りから二キロメートルほど離れた所にあったのだ。原子爆弾は真夏の朝空にすうっと糸を引いて落ちてゆき、四十三秒後に空中でピカッ！　と天を揺るがして炸裂し、ドンッ！　と音速を超える衝撃波が起こった。火の玉は百万度を超えて太陽のようだった。鉄の沸点をはるかに超える熱線によって、建物も人も鋼鉄の車や柱も一瞬に蒸発し、あるいは人は断末魔の姿で真っ黒に炭化した。

屋内にいた人々はその直撃からはまぬがれたが、熱線で発火した家屋の火災で焼け死に、あるいは命を助かった者も台風の百倍相当の爆風に、瓦礫ごと衣類はもとより吹き飛ばされ、火傷《やけど》を負った皮膚はその衝撃で剝《は》ぎ取られて、危うく両手の指の爪で止まってぞろりと垂れ下がった。爆心地を走っていた路面電車は炎を上げて燃えながら惰性でそのままとろとろと進み続け、黒焦げになった乗客が吊革を摑《つか》んで立ったまま運ばれていった。

爆心地の近くでその朝、小糸親方が戸外に出なくて店の中にいたとしても、死はまぬがれないだろうと克美は思った。原爆の投下から日が経つにつれ、話は虚実交えて北九州にも伝わってきた。十六歳のときから世話になった親方の最期の姿を、克美は脳裡に浮かべないわけにはいかなかった。炎の底に倒れた赤剝《む》けの親方を思い描くとき、彼は初めてこの世界というものの途方もない大きさと底知れぬ力に頭が白くなった。

ミツ江と駆け落ちしなければ、克美は毎朝のこの時間に店の前を掃いて掃除をしていたので、たぶん彼は直接、熱線に射貫《いぬ》かれて隣のコンクリート塀か何かに、儚《はかな》い人型の影となって生の痕跡を残したかもしれない。広島の空にはじけた紅蓮《ぐれん》の火の玉は、内側からもくもくと金や銀、オレンジ、青、黄、白と怪しい色を噴き出しながら、天空に生じた巨大な腫瘍《しゅよう》みたいに血みどろの醜悪な姿で膨れ上がった。爆心地周辺の地表温度は一瞬に三、四千度に上昇して、たぶん克美の親方も店も焦熱地獄の中に消えただろう。

しかし地獄というのは何らかの生前の報いで、それならこれは地獄じゃない。長年にわたり手を取って仕事を教えた弟子に女房を盗《と》られた失意の親方が死に、彼を欺いて店を飛び出した、いわば姦夫姦婦が助かるなんて道理じゃない。ということはこの世は往々にして地獄より酷《むご》い出来事が生じるのだ。それを何と呼ぶか、もうこれこそ究極、「事実」とだけ呼ぶしかない。

広島のピカドンの話を聞いたとき、瀬高克美は北九州の八幡《やはた》市に借家を得て、紳士服仕立ての店を出していた。克美は親方の店に弟子入りをして、一度もよそに出たことがない。ただ太平洋戦争が始まった翌年、召集が来て北支へ行ったが、肋膜炎《ろくまくえん》を患って半年で帰された。針を持つより他に何もできない男だった。その代わり仕立ての腕だけは親方の折紙付である。世間では男子の着る物は国民服になり背広の注文は減ったが、広島では軍港で栄えた呉《くれ》がすぐそばにあり軍人の客で流行《はや》ったし、八幡は東洋一の規模を誇る日本製鐵八幡製鐵所があって、隣接した小《こ》倉《くら》市の陸軍造兵廠と併せて男の町である。高級スーツや軍服の注文がまったく途絶えることはない。

克美は生地を裁断しミシンをかけ細かな部分は手《て》縢《かが》りで仕上げる。腕は確かで女癖があることを除けば仕事の勘もセンスもあったので、八幡に来て半年も経たない内に客から客へと「テーラー村上」の名は知られた。店名の村上はミツ江の実家の苗字で、逃亡の身として自分の名は隠していた。

彼は常に背中に冷や冷やした風が入るような日を送っていた。ミシンを踏んでいると店の戸がガラリと開いて、あの猪《い》首《くび》の肩の盛り上がった親方が踏み込んでくる幻影を、一日に五、六回は背中に視《み》てしまう。生来の臆病者で小心の男だった。駆け落ちはミツ江の方が持ち出したのだ。それで親方が人々の言うピカドンにやられたと知ると、この国の明日をもわからぬ不安とは別に、正直、もう戸口に現れる猪首の影法師の恐怖から解放されたのだ。

しかし、まさかその三日後に、今度は自分の住む北九州が次の原爆の目標になっているとは克美は知るよしもない。今度のは広島に落ちたウラン型原爆より一・五倍強力なプルトニユウム型原爆で、投下目標地点は小倉市の陸軍造兵廠だが、爆発すれば小倉に隣接する八幡、戸《と》畑《ばた》、若松、門司《もじ》の北九州五市全域と八幡製鐵所、それに関門、山口一帯まで被害が及ぶだろう。今度は克美が冥府に行った親方の後を追う番だった。

けれど投下予定の八月九日もやはり克美は命拾いした。いや克美だけでなく北九州の住民全員が難をまぬがれた。それには偶然が重なり合って、推定エネルギーが、ここにゼロを連ねると、九二〇〇〇〇〇〇〇〇〇〇〇〇〇ジュールという、まさに地獄の魔王の手中から逃れることができたのだ。

その日、原爆を搭載したB29爆撃機は投下までに三つのミスを犯した。その一は硫黄島を経由して屋久島上空で三機が合流する予定だったのに、トラブルで一機は現れず二機のみの編隊となった。その二は北九州上空の雲が濃くて目視による投下地点の確認に失敗した。一、二回と進入ルートを変えてやり直したが、四十五分かかって三回目も失敗。燃料を使い過ぎて予備の燃料に切り替えたが、原爆搭載機の燃料系統に異常まで発生した。

地上では八幡製鐵所の防備のため市内各所に備えた十六門の高射砲と、小倉にはもう一つ口径の大きな二門があって、これらが猛攻撃を開始した。その間にも天候はどんどん悪化して、そうこうするうちに近くの陸軍芦屋基地と海軍築城《ついき》基地から零戦十機が追撃に加わり、B29は投下を断念して小倉上空を飛び去った。

第二目標地の長崎へ向かう間にも、無線のミスにより二機が空中でニアミスを起こしかけたり、それまではぐれていたもう一機が無線に呼びかけて、日本軍に飛行位置を知られたりとB29は散々だった。それに加えて長崎上空に来ると四辺は厚い雲がかかり、下界はまたもや目視不良の状態である。だが束の間、雲が切れて陽の射す不運な市街が覗いた。まさにその一瞬、原爆は投下された。下界では無線の傍受でB29の飛来を知らされた市が、空襲警報を出そうとしたときだった。

原爆が落ちた長崎と、からくも助かった北九州。生があり、死があって、ただ二通りの事実に人々は振り分けられる。このときの状況を思うと克美は極小の蟻のような存在で、そして天空には巨大な原爆の鉄槌《てっつい》がぶら下がっていた。それが地上のどこかへ落ちるわけだが、蟻の克美は大鉄槌の落ちてくる間隙をからくも這い出るように生き延びたのだ。

じつは前日の八日も、八幡の空は製鐵所を射程に置いたB29の編隊百二十七機の空襲を受けて、焼夷弾の猛攻撃に市内はいちめん焼け野原になっていた。製鐵所構内の死者も含めて二千九百五十人余が命を落とし、克美は店こそ失ったが、ミツ江と共にまたも助かった。

原爆投下が長崎に変更された理由の一つには、この空襲の火災の煙が翌日も残って視界不良の因となったという説もある。八幡製鐵所の甚大な被害はもとより市の大半が焼失したのだから、大火災の余燼が空に立ち込めていてもおかしくない。とにかくこうして克美とミツ江は、広島時代の芳しくない来歴を知る者も今はなく、すっきりと二人で焦土に立った。

克美が広島から八幡へ来たのはここがミツ江の郷里だったからで、親はもう亡くなっていたが二人の姉が暮らしていた。上の姉のサトには建具《たてぐ》職人の夫がいて、下の姉のトミ江は夫が下宿業兼金貸しだった。長崎原爆の六日後、八月十五日に終戦を迎え国内最大の鉄の町は巨象が腰を上げるように、やっと復興への途《みち》を歩み出した。戦争中も敗戦後も鉄の需要は変わらない。飛行機や軍艦や大砲を造っていた鉄は、今度は船舶、機械、建設などに費消される。製鐵所の繁栄と共に紳士服の需要も伸びていく。

下宿屋の建物を焼かれたトミ江の夫の江藤辰蔵は、在日朝鮮人の男たちを手配して、またたく間に安普請《やすぶしん》の二階家を新築した。辰蔵はハサミと針を扱う以外に何もできない克美と較べ、万事抜かりのない男なのだ。もう一人、長姉サトの夫の貴田《きだ》菊二は襖障子の注文仕事に追われている。掘っ立て小屋暮らしの者ばかりではなく、八幡には漆の障子や六双屛風を注文する屋敷もいっぱいあった。

人見知りの強い克美は彼らに会うことはめったになくて、それに彼も仕事の注文が増え始めて仕事場に籠もっている。ミツ江だけが買物のついでに毎日のように姉たちの家に寄り暇をつぶして帰るのだった。買物はよその町と違って、製鐵所のお膝元だけに購買所が市内の各所にあり、そこへ魚や野菜を売りに近在の行商の女たちも集まってくる。海と山の間にひらけた土地で、戦争が終わると食べる物だけは何とかなった。

克美は幸運な部類の人間だったけれど、生来、鬱屈を抱いた男だった。つまり気が晴れないたちである。

注文の服ができ上がると、客が取りにくることも克美が自転車に乗って持っていくこともある。終戦直後に背広を誂《あつら》えるような客の家に行くと、製鐵所から離れた山手の町は空襲をまぬがれて、高橋という表札を掛けた屋敷では腹の太った主人と、額の瘦せた蚕《かいこ》のような皮膚をした女が出てくる。妻にしては眉を細く弓のように剃り立てていた。北九州では男が手を付けて囲い者にした女を、手かけというのである。眼が合うなり克美はゾクッとした。

生来、彼は瘦せて眼が吊り気味の、こめかみに薄い筋が入ったような女が好みだった。広島から連れてきたミツ江もそういう女で、気鬱で気難しく頭が良くて口数は少ないが、ときに刺すようなことを言う。

克美もまたそんな男だから二人で鬱々として家の中は暗く重い。それが好みなのだからいいのだが、客の手の付いた女が自分の好みであったときは、彼の鬱屈はどうしようもなく溜まっていく。こんな豚のような鈍い男に、なぜこんな美しい匕首《あいくち》のような女が連れ添うようになったのか。高橋泰三は八幡製鐵所の下請けで急速に拡大し始めた会社の経営者だった。自分も今はミツ江という女をもっているのに、まだ不足に思うのが克美自身はもとよりミツ江をも苦しめる悪い性分である。

それに克美の欲しがるものは、他の男のもっているものに限っていた。自分のものは他人には渡したくはなく、他人のものは自分も欲しい。それで外へ酒を飲みにいっても、どうぞどうとでもしてくださいい、と寄ってくる女には興味がなくて、仕立て上がった服を持っていった屋敷の、絶対に手出しのできない他人の妻に恋情をそそられる。

それでも人妻が克美などにまるで興味のない顔をすれば、理由もなくプライドの高い男だから諦めがつくのだが、克美の眼にはどの家の人妻もみんな悩ましげな眼の色を彼に送ってくるように見える。しかしそれは克美の眼がそのようにとらえるだけで、人妻の眼に彼はただの服の仕立て職人である。くけ針の短く細い銀色の雫《しずく》みたいなのに、克美は細い絹糸を通して服地の糸をあるかなきかに縢る。縫うのではなく服地の糸目をすくって縢るのだ。その針の先みたいな微《かす》かな動きを、克美は豚腹の男の妻に感じる。この女を自分の引き締まった硬い腹の上に乗せたいと思う。

帰りの夜道を自転車で戻ると、八幡の町は工場のある洞海湾《どうかいわん》に向けて擂《す》り鉢状に土地が下っていくので、遠い高炉や製鋼工場の炎の照り返しが人間の欲情のように映るのだった。ペダルを踏みながら彼は坂の下のさんざめく町の灯《ひ》を眺める。それは大きな人間界の欲情の火の池のようだった。ふと克美は店の隣の前田小学校から流れてくる、子どもたちの唱歌を耳に蘇らせた。

蛍のやどは川ばた楊《やなぎ》……、と歌っていた。

楊おぼろに夕やみ寄せて
川の目高《めだか》が夢見る頃は
ほ、ほ、ほたるが灯をともす

子どもたちが声を揃えた、精一杯の愛らしい歌声を聴きながら、克美の脳裡には一匹の小さい透きとおったメダカが浮かんだ。あの小指の先ほどもない、小指の先のその爪ほどもない、その爪の半分ほどもあるかなきかの、そのメダカの頭の中にこれまた目やにか耳垢《みみあか》くらいの脳味噌が詰まっていて、その中にメダカ一匹あての小さな夢が宿っている。

夕闇に沈んだ川底の草や藻の陰で、メダカの脳髄に宿る夢とはどんなものだろうか。ふと克美は思うのである。小さな虫や魚などはみな単純な性衝動で生きている。眠るメダカの脳髄には一個ずつ欲情の火がともっているのだろう。宵闇の中に光る克美の眼にはその極微の火がありありと映った。

毎日、克美は仕事場に立つ。使っているのは門司の中古ミシン業者から買い入れた黒塗りのシンガーミシンで戦前の機種だ。家は狭くて、店の部分は広い。大きな仕事台に載った生地には型紙が置かれて、躾《しつけ》糸がかかっている。平面の布を身にまとう着物と違って、洋服は人体の仮想のトルソォが裁断した布に立ち上がっている。その肩幅、背幅、胸回り、腹回り、股下と、客の身体をなぞるように、仕立てる。

恰幅《かっぷく》の良い男。肥満した男。痩せて骨張った男。そんな幻影の人体が居並ぶ仕事台で、克美は牛乳瓶の厚底みたいな近視の眼鏡をかけ背を屈《かが》め生地に躾糸をかける。高橋泰三は克美を贔屓《ひいき》にして何着も注文してくれた。克美の手の指は生地を扱いながら高橋の人体をなぞる。戦後の進駐軍から闇で仕入れた舶来生地のカシミアは人の皮膚みたいに滑らかだ。この身体があの女房を抱くのかと思いながら、克美の手の指はやるせなく動く。

ミツ江は病弱なので食事の支度はするが、掃除洗濯は手抜きである。下宿業の江藤家で下働きをしている女が手伝いにくる。この頃、克美は四十歳を越えたところで、ミツ江は二歳上である。当時としてはもう若くない。克美は彼女に無理をさせないよう労《いたわ》っている。

ミツ江は毎朝、紐で締め上げたような細腰で台所の板の間に横座りして、糠味噌の小さなカメを掻き混ぜる。行儀が悪い女である。それでもぴちゃぴちゃと糠床《ぬかどこ》を叩く音がして、美味《うま》いキュウリや大根がまな板に並ぶのだ。味噌汁と納豆と糠漬の朝食がすむと、ミツ江は茶碗を洗って茶渋色に染まった布巾で拭いて、それから買物籠を提げて下宿業の姉の家に遊びにいく。克美の昼飯はお膳の上に握り飯が置いてある。

もうそろそろ克美はミツ江を自分の妻として籍に入れねばならないと考えている。だがその前に小糸の親方の籍からまずミツ江を抜く必要があった。それには親方の生死を確かめに広島の役所へ行ってみるしかない。いろいろと面倒そうである。原爆の後、五十年は草木も生えないと言われた広島も、焼け跡から春の草が伸び始めていた。ミツ江は広島には行きたがらない。小糸親方のことを思い出すだけでも胸が塞ぐと言い、克美もそれはまったく同じ気分だった。

ある日の夜、高橋泰三の服ができて克美は八幡の坂を自転車を押して上がった。高橋の妻が出てきて、今日は用があって帰宅が遅れていると言う。上がって待つことになり座敷に通されると、お茶が出た。

「瀬高さんは婦人服は作らんとです？」

　と珍しく高橋の妻が親しげに口をきいた。

「男物とは少々違いますんで」

　と克美は尻上がりの広島弁で答えた。

「どう違うんですか」

「全体にがっちりと拵《こしら》えますんで。肩のパットや、前身頃の芯張りとか、少々厚手になります」

「それをのけて拵えたらいいでしょうも」

「女物の生地は持ちません」

「生地は旦那が」と彼女はそんな言い方をした。「うちの旦那がおカネは出してくれますから、良いものを取り寄せてください」

　やはり、この女は手かけであったのか……。

「そんなら」と克美は彼女の眼を見た。彼は誘われたのだ。

「奥さんの寸法を測っときましょうか」

「ええ、今度ね」と女は籠もったような笑い方をした。今夜はもうすぐ高橋が帰ってくるからと言う。表に車の入ってくる音がして障子にヘッドライトの煌々とした条光が射し、女は立ち上がって迎えに出ていった。ほらね、というように振り返って微笑んだ。

四、五日経って顔に白い疥《はたけ》のできた少年が克美の店を覗いた。戸を開けると靴も履かない裸足《はだし》のままで、身なりから在日朝鮮人の子だと察しがついた。家に来るようにと女からの伝言を頼まれて来た。克美は自転車を押してまた坂を上がった。ミツ江は江藤家だ。高橋も会社に出ている。女は触れると崩れるように解けた。克美は親方の留守に店の奥でミツ江を抱いたときの、脳天まで刺し通すような強烈な快感を味わった。

それから克美と澄子の関係が始まった。

「あんたはまたとない男や」

と澄子は言った。克美は彼女にどうするというわけでもない。女が克美にのぼせてしまったのだ。それはミツ江のときもそうだったし、どんな女のときも同じだった。澄子はもう克美に服を作ってくれとは二度と言わない。克美に何回も採寸の真似事をさせられて声を上げた。克美は週に二度も三度も会って戯れるように澄子を抱いた。

そんなある日、克美が澄子に会って家に戻るとミツ江が先に帰っていた。いったい克美のような人付き合いのまったくない人間が昼間、仕事を放ってどこに行くというのか。ミツ江はぽかんとして主《あるじ》の姿のない仕事場を見まわしていた。うっかり克美が口から出まかせに煙草を買いに行ったと言うと、ミツ江は煙草を見せろと手を差し出した。克美はズボンのポケットに手を当てたまま立ちすくんだ。それであっさりとばれてしまった。性欲と精力だけはあり余る男だが、画策をもたない人間なのでこうなると情けないほど脆《もろ》いのである。克美の防御は黙って石になることだった。

石になると恐ろしいくらい辛抱強い。ミツ江が泣いても殴っても口を開かない。もとより骨張った体軀《たいく》の男だから、全身硬い木石《ぼくせき》のようでミツ江などに殴られても蹴られてもこたえない。結局、ミツ江は手に負えなくて諦めた。もともとミツ江が毎日家を空けたことに原因の一端はある。しかしそれで事が落着したわけではなく、ミツ江の中で克美への不信感はそれを契機に膨らんでいった。

そんな喧嘩の後はきまってミツ江の布団に身を差し入れる。克美はかつて広島の山中を一緒に逃げたミツ江のまるかった肩が、今はずいぶん肉も削《そ》げ落ちているのを抱き締めた。

そんなある朝。また澄子からの言付けを伝えに在日の李少年がやってきた。克美はいつもなら朝からでも欲情しているくせに、そのときはミツ江に責めまくられて虚しい気分に沈んでいたので、野山は桜も咲き揃ったというのにこの淫蕩女は何を考えているのかと思う。そこでもう薄暗い店にいるのも嫌になって、李少年を山にでも行かないかと誘ってみた。彼は小学四、五年くらいだが学校を休んでいるほうが多い。

李少年はこれから白糸の滝に魚釣りに行くと言う。そこは八幡の山中にあって少年の足で三時間ほど歩くと着くのである。当時の人間は時間をかけて物事を達成することには慣れていたので、何時間でも無為に馬鹿みたいに歩くことができた。こんなに歩いて消費する時間を無駄だと比較対照するものがない。行きに三時間、帰りに三時間の道程だ。克美はこの滝に行く六時間のうちにはかどる仕事の量をちらと頭に浮かべたが、それも虚しい気がした。日暮れて帰ったらミツ江はどんな顔をして待っているだろうか。そう思うといよいよどうとでもなれと思うのだ。

「釣り竿はどうする」

少年は手ぶらだった。

「途中の山ん中で、竹切って作るよ。餌はミミズじゃけえ泥掘り返したら、どこんでんうじゃうじゃしとる」

そうだ、この世のことは出ていけばどうにかなるのだと、空の鉄槌からまぬがれた男はちらと思った。

そんなら二人で行こうか、と鍵をかけて家を出た。

ミツ江はとうに克美を見張る根気をなくし、その日もやっぱり江藤家に行っていた。下宿屋には製鐵所の独り者の職工たちがいて、浪曲師や奇術師なども一夜の宿を借りに来る。江藤辰蔵は彼らをただで泊めて興行させ、近隣の住民を集めて安い木戸銭を取った。ミツ江は克美のそばにいる鬱陶しさがたちまち晴れるのだ。

「昼飯はおいさんが買《こ》うちょくれんか」

外へ出ると李少年が抜け目なく言った。克美が小銭を渡すと走っていって、製鐵所の西門前の

店で握り飯と天麩羅を買ってきた。この子の父親は西門の付近に荷車を引いて、
「フルイナペ、ペントパコ、アメトカエルヨー」
と呼ばわって歩いている。戦時中は国策で供出させていた金属も、戦後は飴や何かと交換回収をする。鉄や銅製品と併せて軽合金のアルミニュウムも貴重な金物資源だったので、アルミの古鍋、弁当箱も古鉄屋に持っていけばカネになるのだった。

製鐵所は八幡の市街区の北に広がっている。洞海湾の縁を帯状に取り巻いている。そこから少しずつ山手に上がると、やがてたちまち深い帆柱《ほばしら》山系に潜り込み、霊山で知られる福地山系へと連なる。李少年と克美は小倉へ抜ける近道に入り、四月の樹液が滴《したた》るような林をてくてくと川伝いに歩いた。

所々に薄墨色の桜がパアッと薄い光を降り撒くように浮かび上がっている。あっちの山肌、こっちの崖際というように冥界の光明にも似た薄墨桜の光が、克美の行く手に次々と現れてくる。こんな所を一緒に歩く連れが、疥だらけの李少年であることが克美をほっとさせた。こんな山中をもしミツ江か澄子とでも一緒に歩いていたら、彼は女たちの首を絞めて殺しそうな予感がした。

山道から山道へと空がずいぶん遠くに覗くだけの間道を経て、三時間近く経った頃、どこからか遠い人声が響いてきた。白糸の滝はすぐそこらしい。まだ水音は耳に入らなかったが、滝の近くは空気が裏返るように清浄になるので何となくわかる。勢いづいて歩いていくと、踏み固められた渓流沿いの道に出た。どうどうどうと大きな滝の音が辺りを圧している。白い着物姿の人々

が滝の縁にいる。一瞬、幽霊と見間違えそうだが、霊場なので白装束に金剛杖をついて祈願に来た人々なのだった。

ここで殺生の釣りはいかにもまずいので、道をさらに奥へ行った。滝へ流れ込む小さな川の支流がある。そこで遅い昼の弁当を食べて、李少年が小刀で竹を切り出して竿を作った。それから道端の濡れた泥を掘り返して餌のミミズを取る。薄紅色の糸みたいな細いのが、わらわらわらわらと泥の中に蠕動《ぜんどう》している。メダカより小さいこの生きものにも脳味噌はあるのだろうか、と克美は見下ろす。

「おいさん、細いのはだめじゃ」

と李少年が言う。針に刺せない。

下は滝の瀑布につながっているのに川水は流れが溜まっていた。どんな魚が釣れるかと竹竿を握って座ったが、浮きは動かない。餌を揺らせ、と李少年が言ってユラッとさせてみる。針の先でミミズが寝ているのかもしれない。ふっと竿の先の、糸の先の、そのまた先の水の中で何か当たりがあったような気配がした。魚に直接手を触れるでもなく、釣りというのは儚い遊びだという思いが克美の心に湧いた。

「何しとる。おいさん、引け引け」

李少年が言った。そうだ。魚を釣るのだった。克美は竿を上げる。糸が撓《しな》って二十センチほどの肥えた鮒《ふな》がぶら下がっていた。糸をたくし寄せて鮒を手で摑む。鱗に覆われた濡れた冷たい魚身がクックッと克美の手の内を打った。平べったい胴体が力瘤《こぶ》のようにグッともんどり打つ。李少年が広げた網袋に克美はようやく鮒を滑り込ませた。すると鮒を放した彼の手になまなましい魚身の感触が残った。仕事で手先を使う克美は人よりも手指の感覚が鋭い。克美は女を抱いた後の手を思い出した。

鮒は笹の葉を敷いた網袋に揺られると静かになった。二時間ほどの間に克美が釣ったのはそれ一匹で、李少年が四匹釣り上げた。一ヶ月も前の鮒なら相当美味かったのにと李少年は惜しそうに言う。桜の蕾《つぼみ》もできぬ前なら身が締まっているのである。二人で下へ降りていくと、日の傾きかけた滝の前からさっきの白装束の人々は消えていた。覆い被さる木の枝に陽を遮られた滝口に来ると、薄暗い中に大きな不動明王像が岩を台座にして立っていた。

克美が見上げると不動の眼と彼の眼が合った。そのとたん克美は、親方！　と思った。かたときも忘れることのない小糸の親方の姿ではないか。飛び出た双眸《そうぼう》に猛々《たけだけ》しい眉間《みけん》の縦皺《たてじわ》。弟子入りした頃、裾縢りの不揃いな糸を引っさらって引き抜き、拳骨《げんこつ》を振り上げたときのあの表情だ。克美が長じては、休日の真っ昼間に女との逢瀬《おうせ》で精魂使い果たして帰ってきたとき、店の戸口に仁王立ちしたあの姿だ。眼が火を噴いていた。

「お前はおなごで身を滅ぼす気か！」

不動明王の背が真っ赤な火炎を背負っている。いや親方が紅蓮の火に包まれてぐらぐらと燃えている。ああ親方。お前様はこんな所でわしを待っとりんさったか。わしという男を見張っとられたか。克美は思わず後ずさった。

柳行李《やなぎごうり》に帯や着物を詰めて、その中に指輪や帯留なども隠し込んで、瀬高ミツ江が家出したのは昭和二十六年の初夏のことだった。

戦後六年が経って、雨の日は蓑笠に大八車で仕事にいく者の姿もあった時代はとうに過ぎ、北九州の八幡駅に菊の御紋の入った天皇の巡幸列車が停まり、製鐵所の西門の前で市民うち揃って日の丸の旗を振ったのが二年前である。

前年の二十五年は半官半民の日本製鐵が解体された年で、従業員三万九千人の八幡製鐵所が晴れて独立発足した。朝鮮戦争の特需景気にも湧いて八幡の町は活気に溢れていた。

克美の「テーラー村上」も今は場所を替えて「テーラー瀬高」と看板を掲げ直した。その店は八幡製鐵所の西門や東門に近い祇園町商店街にあった。その朝、ミツ江は憤然と家を出て商店街をどんどん下っていき、電車道を渡ると長姉のサトがいる貴田家に飛び込んだ。広い往還の向かいには下の姉夫婦が営む江藤下宿屋があって、ミツ江は遊びにいくときはそっちの家の戸を開け、克美との仲で悶着が起こると狭い借家の貴田家に足が向いてしまうのだ。

サトの夫の貴田菊二はその後の克美とミツ江の後押しをして、二人を正式に結婚させた人物である。それにひきかえミツ江が下宿業の江藤家に出入りして身に付けたものといえば、花札と煙草の悪癖だけだった。姉のサトは裏の畑から採ってきたピース豆のさやを、台所の板の間で剝いている。菊二は建具屋に雇われていて日中は留守である。また克美さんの浮気かとサトがうんざりして聞くと、そうじゃないとミツ江は細い眼を吊り上げた。

「広島から女の子を連れてきたと」

「誰が」

「克美がですたい」

また面倒なことになったとサトは青い豆をむしった。

「そのおなごは、どげな素姓《すじょう》の者じゃ」

「おなごというても、今年で十二になる娘ン子じゃ」

「まさかその娘は、昔、克美さんがよそでこしらえた子じゃないんか？」

サトは思わず手を止める。

「違う違う、姉さん。その娘は正真正銘、克美さんの瀬戸内にいる弟夫婦の子どもじゃて。それを養女に貰《もろ》うてきたのよ」

何でまた急にそんなことになったのか知らないが、サトはひとまず浮気でなくてほっとする。

克美は去年からミツ江の籍を小糸親方から抜くため何度も広島に出向いていた。克美と正式に結婚するには親方との離婚が必要で、その親方は孤児で育ったため親類縁者もなく爆死証明が未だに出ていない。結局その場は小糸松太郎という人物の行方不明ということで籍を抜いた。克美はその広島往復の間に故郷の瀬戸内にも足を延ばして、兄弟に会っていたのだ。克美の弟は頭が良く役場に給仕で入ったがやがて本採用になり、苦学しながら勤めて今は係長付きだという。それが妻と長男の結核の発病で、残る二人の子どもを感染の恐れもあり身内が引き取ることになった。その一人の、上の女の子が克美の所にまわってきたというのである。

「娘がそのくらいの齢《とし》というたら月経も始まっとろう。一つ家の中におなごがもう一人増えて、その子と一緒に暮らすなんち、そんな気詰まりなことはあたしは嫌《いや》じゃき」

ミツ江が承服できないのも無理はなかった。一昨日いきなり克美が広島に行って、その娘を連れて帰ってきたのである。三つ編みの髪に学校カバンを提げていた。サトはうなずいた。分厚い掌に摑んでいた青い豆をザルにころころとあけて、

「そりゃようある話じゃ」

長く広島で暮らしたミツ江は八幡のことにうといが、この町では身内や知り合いの子を預かるのは珍しいことではなかった。日本中どこの家でも子どもがあり余っている。そして子どもがいるぶんだけ貧しかった。たいていの家には五、六人、ときには十人も十一人も子どものいる家もある。しかし八幡にいれば何とか暮らせるのだ。八幡製鐵所があって、その下にまた別の下請け会社の働き口があって、町がある。八幡の活気を頼って西日本一帯から続々と人が集まる。人が集まって働くと、またそのぶん八幡のおカネがまわる。物もまわる。

移動するのはおとなだけではない。九州一円の子どもの多い家では八幡に親戚があると、養子養女にやるのである。だからどこの町内にも貰い子や預かり子がいて、そんな土地柄なので子ど

もたちも屈託もなく養われている。たぶん克美も郷里に行って頼まれて、引き受けざるを得なかったのだろう。

ミツ江の話を聞いても、サトは少しも驚かなかった。というのは実はサトの家にもそんな貰い子がいたのである。夫の菊二の長兄夫婦が若死にして乳飲み子が遺児となった。菊二がその赤ん坊を郷里の長崎から連れて帰ったのである。三十年も前の話だが、ミツ江もそのときのことは記憶にあった。サトたちの生家も子沢山で、母親は生みも生んだり十三人の子どもができた。サトはその二番目で、トミ江は八番目で、ミツ江は十一番目の子だった。そして母親がそれだけ生みすぎたせいかどうか、サトとミツ江は結婚しても子なしだった。そういう例が世間ではよくあるのだ。

菊二とサトの手で養われた百合子は、成長して建築業の男に嫁いだ。しかしその夫が妾宅を設けたというひそかな話を聞きつけて、サトは百合子を貴田の家に連れ戻した。商売は上手いがかねてより風聞の良くない男だった。ところが離婚させて三月も経つと百合子のおなかが膨れ始めたのだ。生まれてくる命は仕方ない。そのときサトは五十歳になっていた。サトは百合子が生んだ赤ん坊の出生を届けに役所へ行って、

「あたしが生みました」

と口の巾着皺《きんちゃくじわ》を伸ばして窓口で笑った。当時の五十歳はもうどこから見ても老婆である。窓口の係員はうなずいて用紙を出した。サトは文字が書けない。

「それで、お祖母《ばあ》ちゃん」

と係員も仕方なく笑いながらペンを握って聞いた。

「あんたのお子さんの名前は？」

「はい、貴田ヒナ子と付けました。貴田の貴は貴《とうと》いの貴。ヒナはカタカナで、子は子どもん子でござす」

菊二の生家は昔、長崎で没落した家系というが、木田はあっても貴田は珍しい。あれば没落してちりぢりになった子孫だろうという。その貴田を名乗るときサトはふだんは、貴様と俺の貴、という言い方をした。貴い、の貴、と説明したほうがわかりやすいが、戸障子、屛風などを貼って暮らす家に貴田は似合わない。

「子どもはええよ」

とサトはにっこりした。戦後のミルクの乏しいとき米のとぎ汁を飲ませて育てたそのヒナ子が、もうすぐ小学校から走って帰ってくる。ばあちゃん、ただいま、と言うのである。母親の百合子は戸籍ではヒナ子の姉になっているが、本当のことをヒナ子には知らせている。人間で賑わい続ける八幡では貰い子、片親、何でもありで珍しいことではない。ヒナ子が小学校に入ったのも役所の手違いで一年早かった。

「子どもが家ん中におると、克美さんのおなご封じにもなる」

サトが豆を剝き剝き言うと、ミツ江は眼をみはった。

うと思う。

「お前な」とサトは妹を見るのだった。いつの間にこんなきつい顔付きになってしまったのだろうと思う。

「人間は良かことをせよ」

サトは年が離れているので、母親のように威厳がある。

ミツ江は黙ってうなだれた。


ヒナ子が小学校の門を出て、ランドセルを背に祇園町商店街への坂を上がっていくと、後ろから男の子のはやす声がした。

「言うてやろ、言うてやろ。せーんせに言うてやろ」

振り向くと案の定、近所の山田良正だ。

「せんせ！　がっこ帰りに、貴田が寄り道ばしよります」

うるさい、黙れ、とヒナ子が振り向いて立ち止まると、待ってくれてると思い込んだ良正がゴムのズック靴を鳴らして走ってくる。ヒナ子ォ、と呼ぶ良正の坊主頭を上靴の入った草履《ぞうり》袋で殴った。痛《い》て痛て。でこを押さえながら良正が追いかけてくる。

克美おいさんの「テーラー瀬高」の前にやってきた。克美おいさんは今日も窓に背を向けてミシンを踏んでいる。そこから左に上ると日蓮宗の昇道寺の山門で、両脇の網の中に一対の大きな仁王像が眼を剝いている。小さいときは夜中にあの仁王たちが韋駄天《いだてん》のように町を駈け下って、泣く子を取りにくると信じていた。小学校二年になったかりのヒナ子はその寺のほうに近づくのが怖い。

右に広いバス通りを進むと市の桃園《ももぞの》球場があり、その下は一望に八幡製鐵所の社員アパート群が白く光りながら並んでいる。ヒナ子の同級生たちは何人もそこから学校に通ってくる。終戦六年目にできた最新の四階建てアパートで、水洗トイレに台所はダストシュート付きだ。

トイレのコックを押すと牛一頭流すような物凄《すご》い轟音付き水洗で、ダストシュートは途中でよく詰まる。詰まると友達の家のおばさんが当番で、駐車場からレンガを何個も拾って屋上に上がり、ダストシュートの天辺《てっぺん》の口からドスーン、ドスーンと投げ落とす。屋上は風が強くておばさんのパーマネントの頭は逆立ち、レンガを振り上げる顔は恐ろしかった。文化的生活は凄いのだ。

ヒナ子は球場から上へどんどん坂を上っていく。その上は花尾中学校で、坂はまだずっと続く。後ろからまだ良正が呼んでいる。

「ヒナ子ォ、釘《くぎ》拾いに行かんかー」

馬鹿なやつ、とヒナ子は思う。毎日、良正は大きな馬蹄《ばてい》磁石に紐を付けて、ぞろぞろと道の古釘を吸い取って歩いている。すべすべしたU型の磁石に釘や砂鉄がびっしりくっついて、ヒゲが生えたようにうごめくのを見るのは面白いが、学校から帰って道の石ころが見えなくなるまで足を棒にしても、古鉄屋の秤《はかり》に載せて、ついでに古鉄屋のおいさんにこっそり台に片足を載せてみても、飴玉が二、三個買えるくらいのおカネしか貰えない。良正は頭が悪い。戦争が終わってもう六年経つ。空襲に遭った町の地面には今も家々の焼け釘が落ちているが、釘ではたかが知れている。

「あたし、水晶採りに行くんよ」

「げっ」

と良正が首を絞められた鶏みたいな声を出す。

「水晶山は小倉の奥やど」

今から行くと帰りは夜になる。

「違う。この上の花尾山の途中にも落ちとるんよ。鉱脈ちゅうのがつながっとるんよ」

江藤の下宿屋の若い職工たちが話していたのだ。水晶採りには道具はいらないという。棒切れが一本あればいい。土の上に頭を出しているのもある。昔この辺りでも採掘したので、そのときにこぼれた水晶が今も転がっているらしい。

「水晶ゆうたら、古釘とは値段が違うとよ」

ヒナ子はぺったんこの胸を反《そ》らしてみせる。花尾中学校から道はまだまだ登りになる。向こうにお仏飯《ぶっぱん》みたいな花尾山が陽に照っている。江藤のおいさんの下宿屋の二階はいろんなおにいさんたちがいる。瀬高のミツ江おばさんは一階で花札ばっかりしているが、二階に上がるとそこはそこで面白いものがあるのだった。汚れた壁には社会党の浅沼稲次郎という人物の写真が貼ってあり、棚には八幡の皿倉《さらくら》山辺りで別のおにいさんが採ってきた、ご飯茶碗くらいの大きさの恐竜の化石というのが置いてある。水晶はその隣に消しゴムくらいのが五、六個透きとおって並んでいた。

製鐵所の三製鋼《さんせいこう》の工場に勤める杉田のおにいさんが話してくれたのでは、この地球に一番たっぷりとあるのは鉄だという。海の水などは地球の表面を覆っているので多そうだが、地球の重さの一パーセントもない。その半分の半分の量もない。

「鉄はな」

と杉田のおにいさんは言った。

「地球の目方の三割以上も占めとるんやど」

「へえー」

とヒナ子は言ったが、地球の目方が全部でどのくらいあるか知らない。だがそんなに沢山あるのなら、眼に見えていいではないか。

「でも、どこにもないやん」

「それは重いからや。鉄は重い物質やからな、太陽系の中でカクユーゴーが起きて爆発したとき、軽いものは吹き飛ばされてな、鉄やらケイ素やらアルミニュウムやら、重いものが中に固まってまるまったんや。そやから地球は鉄の団子みたいなもんやな」

「うへっ」

歯が立たない団子である。

そのとき杉田のおにいさんが透きとおる石を一つ手に取って教えた。

「この水晶も元はケイ素というてな、鉄と一緒に宇宙からいっぱい飛んできたんや」

ヒナ子は眼を細くした。美しい話やなあ……、と思った。

「あたし、水晶集めてばあちゃんのお数珠《じゆず》作ってやるとよ」

とヒナ子は言った。

「おれがいっぱい見つけてやる」

と良正が手で洟《はな》をこする。

五月の午後は飽きるほど日が永い。花尾山は二人の前にゆっくり近づいてくる。

「ヒナ子、飴食うか」

良正がポケットから一個出してくれた。

「お茶もやろうか」

良正が水筒のフタに注いでくれる。

「迷子になったら、わしがついとるぞ」

水筒のフタには小さな、水の雫みたいにチラチラ光る方位磁石がはまっていた。

二

道はしだいに上り坂へとなっていく。

ヒナ子と良正はてくてくと花尾山に向かって歩いて行った。

途中に花尾中学校がある。校舎の壁は戦時中、Ｂ29の爆撃を避けるために、いちめん黒ペンキで塗りたくられ見苦しく剝《は》げかけている。Ｂ29は花尾山や帆柱連山の向こうの空から、赤とんぼの群れみたいに押し寄せてきたのである。

ヒナ子は終戦の年生まれで八幡大空襲のことは知らないが、サトの話では帆柱連山がゴオーンと生きものみたいに唸り出したかと思うと、山頂の青空にみるみる黒い斑《まだら》がいっぱい入ったそうだ。山の裏は深い九州山地へと潜るので、その辺りの空は製鐵所の黒煙に汚れることはなく突き抜けている。

花尾中学校の付近は山手だったから爆撃はまぬがれたが、坂の下の前田小学校の一帯はひどくやられて、学校の廊下に黒焦げの屍体がマグロのように並べられたのだ。そんなことはたった六年前だが、今は前田小学校の通りは商店街が賑わっている。だからヒナ子にとって知らないというのは、何もなかったと同じなのだった。

花尾山の右手には、皿倉山が五月の陽に白くけむっている。そっちの方へ山道を進むと山中に小さな滝場があるのだった。祖母たちは山の洗濯場と呼んでいて、滝壺が浅いので洗い物を広げて濯《すす》ぐのに格好の場所である。夏場は近所の年寄りや主婦たちが子どもを連れて、手に手に洗い物の包みを背負って行くのだった。

おとなの女たちは赤い腰巻き一枚になって滝壺に入り、布団側などの大きな洗いものを水に広げ、ざぶりざぶりと飛沫《しぶき》を上げて濯ぐ。岸辺の樹間には紐が張られて、洗い上がった洗濯物が雫を垂らしながら吊るされていくのである。そんなときの女たちの腹の上には、大きな乳房がぷるぷると揺れていた。

ヒナ子たちもツルンと服を脱いで、キャラコという白い綿のズロースだけになって滝壺に飛び込み、石を積んで水を堰《せ》き止めたり、笹舟を流したりして遊んだ。女の子たちはまだ胸も尻もぺったんこで、みんなキノコの軸みたいな裸のまま岩場をちょろちょろした。

山手の家が切れて、道は熊笹の細い上り道に入る。ここからは近道を行くので繁みのトンネルに潜り込む。二人は立ち止まって今来た方角を振り返った。八幡の南の端っこ、山の懐《ふところ》まで来たのに、八幡製鐵の黒い工場群が手に取るように見えている。等間隔で林立した煙突から白、黒、茶、オレンジの煙がたなびき、西の方に溶鉱炉の高い影が霞んでいた。製鐵所はお化けみたいだ。どこまでも追いかけてついてくる。

「あんたとこのお父さん、どこで働いとるん」

良正の父は三交代勤務だった。それで父親が昼間に眠っているときは良正たちは母親に外へ追い出される。良正は六人兄弟の上から二番目で、みんな男の子だったから無理もない。

「父ちゃんは東田の高炉たい。あすこで火ば燃やしとう」

「うわっ。溶鉱炉で働いとるの！」

熱《あつ》かろうたい！　とヒナ子は思った。八幡の人間なら子どもでも、そこは焦熱地獄という所だとおとなの話で聞き知っている。汗が滝のように流れ出るので、溶鉱炉で働く作業員は水を飲み、塩の塊《かたまり》をつまんで食べるという。

「溶鉱炉は火山一つ囲うとるんと同じやど。ええ加減な仕事はできんとじゃ」

良正は父親から聞いたことを誇らしげに言う。真っ赤に煮溶けた鉄のどろどろが、ヒナ子の頭に浮かぶ。学校の映写会で見た熊本の阿蘇山の噴火口にも、それとそっくりのどろどろが煮え滾《たぎ》っている。

「おれん方《がた》の父ちゃんは、その火ば扱うとぞ」

こんなとき父親のいない年寄りっ子のヒナ子は弱くなる。八幡の町の労働力に、ヒナ子の家では寄与するべき人間がいないのだ。

ガサガサと熊笹の道に分け入った。

ヒナ子には山の遊び場はまだほかにもあった。

小倉市の菅生《すがお》の滝はサトがヒナ子を連れて、これもまたよく行く所だった。近所の年寄りたちに瀬高のミツ江なども混じって、みんな白い着物に手甲脚絆《てっこうきゃはん》で頭には白手拭いをかぶり、幽霊の一団みたいな姿で出かける。

ヒナ子も子ども用の身支度を調《ととの》えて貰って、チリン、チリンと鈴を打ち振り、オー、オーと唱えながら行くのである。滝には不動明王が祀《まつ》ってあって、年寄りたちはわが家の悩み事を抱いて願掛けに詣でるのだ。サトは長いこと臥《ふ》せっている妹のトミ江の病気平癒を頼みにいく。

しかしヒナ子が江藤家に遊びにいくと、トミ江は病気で禿げ上がった頭に黒々とした人毛のかつらをかぶり、何個も指輪をはめた皺だらけの手で、布団の上に座ってお札を数えている。サトは自分の妹の病気より、ヒナ子たちの家がもう少しお金持ちになるように拝んだらどうだろうか。

サトはヒナ子のことも願掛けをしてくれた。近所に吃る男の子《ども》がいて、一緒に遊ぶうちにヒナ子も吃るようになったことがある。それでその子の家の年寄りも身ごしらえして、みんなで滝へ行ったのだった。

竹の筒になま卵を入れてフタをして、滝壺に投げ入れて拝む。竹の筒が沈むと願い事が叶うのだった。

「どうど、どうど、まごだちの、どもりを、なおしてつかあさい。どうど、どうど、よろしゅう、おたのもうしますう。なむなむなむなむ」

その声は子どもの耳には人語とは思えない。

「ば、ば、ば、ばあちゃん。な、なん、なんち、言う、言う、言うとらすと?」

「どうど、どうど、なおしてつかあさい」

「ば、ば、ば、ばあちゃん！」

「やかましい！」

とうとうサトが怒鳴った。

そうやって不動明王の霊験で吃りが治ったかといえば、どうもそうでもないのだった。小学校に上がって、年寄りの女の先生が二人を前に据えて、

「はい。息吸って、吐いて、ゆっくりと、あー」

「あー」

「いー」

「いー」

とやっているうち、いつの間にか何とか治まった。

しかし生きて暮らしている間にはサトの胸を悩ますことは、絶え間なく起こる。孫のこと。再婚して出ていった百合子のこと。そしてサトの二人の妹たちのこと。その妹たちの夫のこと。そしてなぜか自分と夫の菊二のことでは、とくに何も悩み事は生じない。サトはそのことには気がつかず、毎月、白い着物を着て手拭いをかぶって、山へ入っていく。

小道から小道へと間道をどこまでも行く。上を見ても空は隠れたままだ。遠足だともう少しまし な道を行くのだが、何せ学校帰りだからゆっくりはできない。

ヒナ子が一番好きなのは、祖父の菊二と山や川に出かけることだった。帆柱山にメジロ獲りにいくのである。メジロはまるまるっとした掌に載るほどの可愛い小鳥で、緑色の美しい羽根をしている。春先、家で飼っているメジロを囮《おとり》にして、鳴き声に誘われてやってくるのをトリモチで捕らえるのだ。菊二は竹を細く削って鳥籠を作り、メジロを十羽ほども飼っていた。

ヒナ子は菊二に連れられて、チンチン電車で皇后崎《こうがさき》へ魚釣りにも行った。いちめんの田畑に川が流れている。菊二が魚を釣る間、ヒナ子はタニシ取りに夢中になって、気がついて辺りを見まわした。蓮華《れんげ》畑の中を流れる小川は遠くからはすっぽり沈んで見えなくなり、ただ菊二のかぶっている帽子だけが薄紫の花の中に覗いて見えた。

菊二はどこへ行くのもいつも一人だ。ヒナ子だけがくっついていく。菊二はサトのように滝や石なんかに手を合わせて拝んだりすることはない。

「爺《じ》っさんは苦労がのうてよかなあ」

とサトが怒っている。ヒナ子はサトみたいな苦労のない菊二が好きである。ヒナ子も苦労がない。爺さんと孫はそんなことで相性がいいのだ。

やがて藪が切れて草原に出た。

山頂に近いなだらかな丘である。上まで上ろうと歩きかけたとき、やっ、と良正のズック靴が止まって、地面を見下ろすと屈み込んだ。

「す、す、水晶やないか、これ」

子どもの親指くらいの尖《とが》った石だ。ナイフで削ったように鋭くて、透きとおっている。良正が陽にかざすと中に水が溜まっているようにキラキラ光った。

「凄い。やっぱここも、水晶山なんよ」

良正がポケットから太い釘を二本出して、ヒナ子にも一本くれた。その釘でそこらの地面をがりがりと引っ掻いてまわった。

「水晶見つけたら、あんた、ばあちゃんのお数珠、削ってくれる?」

「おう、まかせとけ」

良正のその声を聞いたとき、ヒナ子の手が滑った。反動で尖った石に小指がぶつかった。皮が剝けて血が滲んだ。

「お」

顔をゆがめたヒナ子に良正が目を輝かせた。

「舐《な》めちみい」

「いやよ」

かばいかけた手を良正がパッと取って、口を持っていった。あっと思う間もなくペロッと舐められた。良正の口からだらりと大きなベロが垂れている。

「何するとね」

「凄かあ、ヒナ子の血は、鉄の味がするっぞ!　釘ば舐めた味と同じやんか」

良正が馬鹿みたいに驚いてみせる。山へ行ったとき、杉田のおにいさんが言っていた。地球の土にも人間の体を流れる血にも、同じ鉄が混じっているのである。人と地球の材料が同じなんて信じられない。

「地球でできたもんの材料は、ここよりほかにないからのう」

おにいさんは大根畑でとれた大根の話でもするように言った。

「ほれ。舐めてみれ」

良正がポケットからつまみ出した古釘を、ヒナ子に突き付けた。恐る恐るヒナ子はベロを出して古釘の頭と、自分の小指の傷口を交互に舐めた。錆《さび》の混じった渋い塩味がした。不味《まず》い！　うぇっ、と吐きそうになって涙と鼻汁が一緒に出た。


熊笹の間道を戻るときはまだ明るかった。

花尾中学校まで帰ってくる頃に日が暮れた。彼方に製鐵所の煙突群が太い煙の束を噴いている。夕景に大きな煙の流れる空は子どもを脅《おびや》かす。あの竜のような煙を噴く煙突の根元の家に、帰っていくのが怖い。

良正の家は桃園アパートにあるので球場のそばで別れた。ヒナ子の足は祇園町商店街の外灯の方へ自然に向かっていた。「テーラー瀬高」の看板の下に立つと、明かりの点《つ》いた店内で仕事をしていた瀬高のおいさんがふと顔を上げた。こっちへ真正面に向いた。驚いているのだろうが、おいさんの分厚い眼鏡のレンズが光って表情は見えない。つかつかとガラス戸のそばに来て、おいさんはガラッと開けた。

「どうしたとね」

「花尾山まで行ってきたと」

ポケットから水晶の欠片《かけら》を三個出してみせた。

「そうか。おいさんが自転車で送っていってやろう」

克美おいさんの声はいつも抑揚がない。感情というものを出さない人間であるから、サトは煙たがっている。しかし冷たいわけではなかった。ヒナ子はこの大叔父も嫌いではない。店から上がって奥へいくと、晩ご飯の匂いが流れていた。海老の入ったライスカレーの鍋をミツ江が台所から運んできた。

「そんならヒナ子も食べていき」

サトと同じでこの大叔母も肉嫌いで鶏も駄目だ。ライスカレーはヒナ子の好きな海老で味を付ける。子どものいない家なので、行くと良くしてくれるのだ。ヒナ子がちゃぶ台の前に座ると、ミツ江がライスカレーの皿を並べた。ヒナ子の分。克美の分。ミツ江の分。そしてもう一枚、白いお皿がカタリと置かれた。

ミツ江が首をねじ曲げて二階へ高い声をかけた。

「緑ちゃん。なんしょっとね。早よ、下に降りてきて手伝わんか」

はーい、と上から女の子の静かな声がしたので、ヒナ子は吃驚《びっくり》した。この家にもう一人、人間がいるなんて初めてだった。とんとんとんと階段を踏む足音がして、長い髪を三つ編みにした色の白い少女が部屋に入ってきたのである。ヒナ子よりだいぶ年上に見えた。中学生くらいだろう。

「今度うちの子になった緑ちゃんたい。よろしくな」

ミツ江が言った。緑はヒナ子ににっこりした。優しそうな娘だった。緑は台所へ行って急須や湯飲みを載せた盆を運んできた。

「ちょうどよかった。緑の顔見せができたな」

と克美が言いながら座った。このおいさんは長い脚をきちんと折り曲げて、ちりとも膝を崩さずに正座する。八幡の町では珍しい男である。その隣に座った緑も、どことなく克美おいさんに物腰が似ている。

「さあ、みんな早う食べて」

ミツ江は険しい声で二人に言った。

その晩、ヒナ子は克美おいさんの大きな古い自転車の後ろに乗せられて、家に帰った。暗い店の外におおいさんが自転車を出すと、緑も赤い婦人用らしい自転車を引いてきた。おとなの古自転車ならあるが、赤い自転車なんて珍しい。ヒナ子は眼を丸くした。新品ではなくて、仕事のシンガーミシンと同じく、また門司の業者の伝手《つて》で克美が探してきたのである。

ヒナ子を乗せた克美おいさんの自転車が走り出すと、緑の自転車が後ろから続いた。夜道を二台の自転車がすいすいと風を切っていくのである。商店街の通りをどんどん下っていくと、製鐵所の黒い長い影がどこまでも連なっている。

黒い屋根のどこかでシャーッ！　と地を揺るがす音がして、赤々と火の色が屋根に映えた。その建物の中では煮溶けた鉄の川が流れているのだ。工場の音はヒナ子の眠る枕元まで一晩中聞こえてくる。それをものともせずヒナ子たちはぐっすり寝るのである。

家に帰り着くとサトが出てきた。子どもたちの学校帰りの寄り道は珍しくない。

「ありゃ。緑さんも送ってきてくれたとね」

サトが礼を言った。

「それでは義姉《ねえ》さん、ここで失礼いたします」

克美は人にめったにうち解けることのない、堅苦しいばかりの男である。度の強い近視の眼鏡の奥の眼は冷たい光を放ったままで、慇懃《いんぎん》に頭を下げた。

「有り難う御座したな。緑さんもおおきに」

サトが言う。

「おばあさん、おやすみなさい」

緑も自転車に乗った。克美と緑は本物の親子のようである。ヒナ子とサトは二台の自転車が連なって、闇の中へ吸われていくのを見送った。

菊二がヒナ子を連れて銭湯に行った後、サトはちゃぶ台に帳面と鉛筆を持ってきて座る。サトはこの辺りの婦人会の役をしている。

母親が十三人も子どもを生んで、サトは上から二番目だったので子守が忙しく、尋常小学校にも行かせてもらえなかった。文字が書けないのに婦人会の役を受けているのは、サトの人望による。読み書きの必要な役はまぬがれているが、それでも町内の花見の参加者の名前や人数、寄付金の額など、控えておかねばならないこともある。

そこでヒナ子の言う、ばあちゃんの勉強、が始まる。

カタカナは何とか書ける。ただ文字によっては他人が判読できないものもある。ヒラガナは駄目だ。漢字はルビを振って貰えば読める。

数字は、一と、二と、三と、十と、百だけは書ける。練習するという気はないので、いつもサトが計算を始めると、帳面に一と、二と、三と、十がずらりと並ぶ。

オシマ　キフ　百　百

　　　　　　十　十　十　十円

マツタ　キフ　百

　　　　　　十　十　十

　　　　　　一　一　一　一　一円

寄付金は屑鉄《くずてつ》を売った半端な金額だったりするので、字に書いて控えるのもなかなか面倒だった。

オシマ　キフ、は、大島家の寄付のことで、金額は百が二つで二百、十が五つで五十円。合わせて二百五十円である。マツタ　キフ、は、松田家の寄付でこっちは百三十五円になる。あたかも八幡の町の焦土の地面に散らばった古釘のような、サトの文字だ。

しかし村相撲の横綱までいった男の娘で、サトは体格が良く、がっしりとした固肥《かたご》えで体重は十九貫もある。妹のミツ江やトミ江は母親似だが、サトは父親の村上岩次郎に似たのだという。

しかし男児は夭折したり、成長した者も戦死したりして、十三人の子のうちで残っているのは女がサトたち三人と、後は筑豊《ちくほう》の炭鉱で働く弟が二人だ。

子どもは死にやすい。死にやすいから沢山生んでおく。春の池のオタマジャクシと似ている。

サトはふと帳面の上に大きく、一と書いてみた。

長男の由一郎。また一と記してみた。長女サト。つまりこの自分である。そしてまた一と記す。次男の由次郎。また一と記して三男の啓助。次の一は次女のトミ江。また一と書いて三女のミツ江。

一、一、一、一、一、一、一、一、一、一、一、一、一。しめて十三人の子どもだった。女の腹は大したものだ。しかし丈夫な体を授かりながら、サトは一人も子どもを生んでいない。どこがどう違って、十三人生んだ者と、生まなかった者があるのだろう。ただサトは夫の菊二のために子どもを生んでやることはできなかったが、自分はよく働いたと思う。

貴田家のために働いたのだ。長生きした姑《しゅうとめ》が家の実権を握っていたので、八幡へ出てくるまで菊二とサトは一緒に筑豊の炭鉱に潜って働いた。夫婦で組む者は、夫は先ヤマになり石炭の掘り方をして、女房は後ヤマとなって石炭をスラ函《ばこ》に入れて坑内を運び上げる。

毎朝、二人は姑の作った梅干し弁当を持って家を出た。だが菊二は途中で足を止め、

「サトよい。わしはこれから山に行く。お前は一人で坑《あな》に降りてくれ」

と言うとさっさと道を変えて行ってしまった。

菊二はこつこつと働くことが向かない男で、山に絵を描きに行くのが一番の遊びだった。もともと体の細い男なので、坑内の仕事は向かない。サトの方が先ヤマになって、男と同様の賃銀を貰っていたのである。

ある年の秋のことだ。

サトは独りで坑内に入り、落盤事故に遭った。

蟻の巣のように張り巡らされた地底の坑道で、わずかな明かりが消えると、暗闇はみしみしと物凄い重量でかぶさってくるのである。ガスが溜まっていれば明かりは爆発を引き起こし、それこそ坑夫の体は血塗《ちまみ》れのぼろぼろの肉片となって吹っ飛ぶ。

だが灯のない暗黒は死ぬよりさらなる恐怖である。

朝方、菊二と別れた道の情景が、闇に閉ざされたサトの脳裡に映った。光がないのに脳内の思い出のそこだけに陽が射している不思議……。

暗黒に浮かぶ外の光景は、あり得ない夜の太陽のようだった。サトは山の方へ遠ざかる菊二の後ろ姿を、一心に闇の中で脳裡に描き続けた。

長い間、闇の中に閉じこめられていると、奇妙な錯覚が襲ってくる。ときどき体がぐるりと回って足が頭の方へきた。頭が足の方へきた。そうかと思うと地の底へ物凄い速さで墜《お》ちていく。そうかと思うとふわりと闇の中で浮き上がった。ゆっくり漂い流れていく。どれも方向感覚の消えた世界で起こる幻覚だった。

しばらくして亡くなった母親がやってきた。その顔が月のように青白く浮かんだ。父親も来た。姿をつくって一年の内のひと月も家に帰らなかった父親が、サトのそばに静かにいてくれた。遠くで人の呼ぶ声が微かに聞こえたとき、サトはそれも幻聴と思って眠りながら聞いた。

サトが救出されたのはその日の夜中だった。

菊二は一日、絵を描いて遊び、夕方に山から降りたとき、落盤で蜂の巣を突いたようなヤマの騒ぎを知ったのだ。サトは自分をあのとき一度死んだ人間だと思っている。菊二はまだ死んだことのない人間である。生きながら一度夫婦で幽明を分けてしまった、その距離はもうサトの中で埋まることはないのだった。

帳面を書き終えて閉じると、サトは着替えと手拭いを持って家を出た。そろそろ菊二とヒナ子が銭湯から帰ってくる頃だ。入れ替わりに今度はサトが行くのである。いつもの電車道で二人に行き合った。

菊二は絵を描いて、鳥や魚を捕り、ヒナ子がそばにいれば幸福な男である。ツルツルの頬っぺたになったヒナ子から、サトは石鹸《せっけん》箱を受け取って道を急いだ。夜道を早足で十分も行くと、「くろがね湯」の暖簾《のれん》から明かりのこぼれる銭湯に着いた。

午後八時。女湯は大賑わいだ。太った女や、痩せさらばえた婆がいて、ラッキョウに手足を付けたような裸の子どもが、洗い場を走りまわっている。夜道を歩いてきたので、電灯のともった銭湯は眩しくて、サトの極楽のように光っている。


緑を養女にして以後、克美の生活が変わったかといえば、そうでもない。いや日々の暮らし方は大いに変化したのだったが、弱い火で胸をじりじりと炙《あぶ》り続けるような彼の心はどうしようもない。

生活に張りが出た点では、ミツ江の方が広島から来た少女の恩恵を受けていた。

緑は八幡に来ると近くの花尾中学の一年に編入するものとミツ江は思っていたが、隣の戸畑市にある名門のキリスト教の学校にすでに入学が決まっていたのである。ミツ江はあんぐりと口を開いたものだ。

明治学園という医者や金持ちの頭の良い子が行くらしい私学の名前を、ミツ江も何かで聞き知ってはいたが縁遠い存在だった。

ところが広島の緑の父親は独学で給仕から役場で昇進した男で、かねてから緑をミッション系の私学で学ばせるつもりだった。それが妻の病気などで緑を兄にやるとき、北九州なら明治学園に入れてくれるよう頼んだ。

「娘は賢うて、淑《しと》やかに育てにゃあいけん」

克美はその弟の言うのはもっともだと思った。むろんキリスト教の学校ばかりが、必ず娘たちを賢い淑女に育てるということでもなかろうが、克美は妻のミツ江や江藤家のトミ江やサトたちの常日頃を見ていると、つくづくそれを感じてしまう。

家の内に悩み事が起こると菅生の滝の不動明王に願掛けに行き、店の売り上げが減ると近くの稲荷神社に拝みに行き、風邪をひいて熱を出すとどこかの寺で貰ってきた呪《まじな》いの護符を病人の額に貼って、祈禱を始める。この呪術的な三姉妹の影響を克美は自分の身内の、まだ花の蕾のような緑にだけは受けさせたくなかった。それで弟と話し合って明治学園への入学計画を立てたのだった。

ここは私学の常で小中高の一貫教育だが、中学は新しくできたばかりだったので、まだ八幡に引き取る前に入学試験を受けさせた。緑は弟に似て頭の良い子で見事上位で合格したのである。入学式には父親と来たが学校に通いだしたのは入籍した五月からで、ひと月近く遅れた。

初めは機嫌の悪かったミツ江が、しだいに緑の教育に熱心になりだしたのは、保護者会に出るようになってからだ。着物や羽織を欲しがるようになった。指輪もいる。小さくてもダイヤの指輪がいると言う。ハンドバッグもいる。まだ贅沢品のない時代だ。ミツ江は友達の「垢田《あかだ》質店」の女房に頼んで、いろいろ買い込んだ。

克美は黙ってお金を出した。ミツ江は上機嫌になる。緑がいればこその贅沢である。それに今までは着物を着ても焼け跡の八幡の町で出かける所といえば、製鐵所が建てた労働会館で開かれる慰安会くらいだ。慰安会には歌手などが東京から呼ばれてくる。だがそれは芋の子を洗うような騒ぎである。

そこへいくと明治学園はおもむきが違う。

北九州弁や筑豊弁が飛び交う市立学校の保護者会とはだいぶ異なって、集まってきた身なりの整った母親たちは、響きの良いひっそりした声でしゃべる。ミツ江は初めて自分の知らない世界を見た。入学したてのはずの緑は、学園のその空気に自然に溶け込んでいたのである。

毎朝、緑は紺のサージの制服制帽で、路面電車に乗って通学する。家の表に送り出すのはミツ江の晴れがましいセレモニーだ。緑は色の白い眼の涼しい娘だ。

ミツ江は緑を呼んで毎朝、黒くて長い髪の毛を梳《す》いて三つ編みにしてやる。リボンは付けずに紺のゴムで結ぶのだ。ヨーロッパの女の子は子どもの頃、不自然なほど服装を地味にする。その禁欲的ないびつにも見える美しさと同じようなものを、ミツ江は初めて知るのだった。

妻の機嫌が良くなれば、克美の生活もひとまず波風が立たなくなる。仕事も落ち着いてできるようになる。緑を中に挟んでまずまずは平穏な日々が流れていた。

ただその暮らしを維持するためには、克美は前にも増して仕事をしなければならなかった。さいわい八幡の町は鉄都として、戦後の日本の推進力の一大基点であったから、紳士服の受注も伸びた。「テーラー瀬高」には遠方からも様々な客が来る。顧客のネーム入りの人体が仕事場の奥には、林のように並んでいた。

克美は贔屓の高橋家にまだ通っている。高橋の会社の主立った役員たちのスーツも作るようになった。克美は高橋の手かけの澄子とは、その後も関係を続けていた。澄子が彼を放さないからだ。腹のでっぷり太って脂《あぶら》ぎった初老の男一人に買い切られた女は、冷え冷えとした克美の硬い骨に抱きすくめられると声を上げた。

しかし澄子は少しずつ太ってき始めていた。腰を抱くと肉が余るようになった。豊かな女の体を専有する男の喜びを、克美は知らない。そもそも幸福というものを知らないのだから、求めようもない。澄子は豊満になっていく。幸福な女になっていく。克美は澄子との逢瀬にだんだん欲情が薄れていくのをどうしようもなかった。

新しい客が増える。高価なスーツを求める男には、ふさわしい妻や愛人がそばにいる。克美は澄子から心が遠のいたぶんだけ、そんな女たちに眼が吸われた。上等のスーツを着る男のそばにいる女たちには、心の荒《すさ》んだような顔もあった。不自由のない正妻の座にいても、何が不足か眉根に険しい影がある。

ミツ江と似ている。不機嫌な女はある種、美しい。克美は不幸な男というしかない。ときどき「テーラー瀬高」の前に珍しい自動車が停まる。進駐軍の払い下げのダッジで八人乗りの外車だ。運転手が羽根ばたきで埃《ほこり》を払う。鶴崎という会社経営の男がスーツを頼む。よく妻がついてくる。愛人ではない。声に何とも言えない優雅な品がある。どこからこういう女を見つけてくるのだろうと克美は思う。

鶴崎の妻が仕事場の人体を珍しそうに眺める。

「いろんな体型があるんですね」

と妻は涼やかな響きの声で言った。

「はい。奥様」

と克美はうなずいた。鶴崎は仮縫いのため奥に服を脱ぎにいっていた。

「殿方の体格も実に様々ございまして」

鶴崎の妻の眼をちらと見た。茶の勝った外国の女のような眼の色だった。白目が薄青い。初めて見るタイプの女だった。薄い麻の襞《ひだ》の多いワンピースの下には、どんな裸身があるのかと克美の胸は動悸を拍《う》った。鶴崎の妻は微かに眉を寄せて不審げな表情をした。

鶴崎の仮縫いを終えた後、克美は夫婦を送り出そうとして、妻のワンピースの背中に眼が止まった。ファスナーの留口のカギホックが落ちかけている。何かに引っかけたのだろう。

「そこ、ちょっとお直ししましょう。すぐできます」

克美は針を持ってきて彼女の後ろに立った。

「先に出てるぞ」

鶴崎は妻を残して、先に店を出ると車に乗り込んだ。鷹揚な男である。妻は黙っていた。克美は女の温かいうなじに針を持った右手の小指を当てた。薄青い女の首の骨が柔らかな皮膚に透けていた。

危ういことをしている、という自覚はあった。だがもう手は勝手に動き始めている。

「失礼します」

カギホックを糸で留め付けるのに何分もかからない。縫い付けてわざと骨張った長い両手の親指を当てて、左右のホックを掛けた。セットした洋髪の襟足のうぶ毛に克美はそっと息を流した。それから彼女の体を惜しむように解放する。


緑と一緒にミツ江が学校から帰ってくると、いきなり犬を飼おうと言い出した。シェパード犬である。最近、流行っているというのである。克美は見たことがない。

「この辺りにいるわけはなか。山手の町よ」

保護者会の母親たちが話していたようだ。シェパードといえば軍用犬だ。大きくていかにも獰《どう》猛《もう》そうである。犬など飼ったことがないので、躾なども不安だった。

「大丈夫。利口な犬やから軍用犬にもなるとでしょ。人を嚙んだりするとは馬鹿犬たい」

保護者会の友達が世話してくれるという。ミツ江はもう母親たちの中から話し相手の仲間を何人も作っていた。

「うちにもシェパードが来たら、緑も犬の友達が増えるじゃろうもん」

ミツ江が克美の急所を摑む。

「緑も欲しいか」

「ええ」

くすぐったそうな笑みを浮かべて緑もうなずいた。

シェパード犬が瀬高家に来たのは半月後だった。

商店街の一画なので、庭らしいものはない。裏通りに面した戸口の中にわずかな地面があった。便所の汲み取り口の横である。そこに犬舎を造って柵を設けた。雨風を防ぐ屋根があるが、斜めに陽当たりは良い。

犬舎と向かい合った便所の戸には、ミツ江がどこからか貰ってきた、「おんころころそわか」という呪文の紙が貼ってある。犬舎の戸口には「ＪＯＨＮの家」と緑が書いた赤い色のペンキの文字が派手だった。そこへ戦闘機から今降りてきたような、精悍《せいかん》なシェパード犬が連れ込まれた。

犬と人間はしばらく珍しそうに見つめ合った。

長い顔が艶々した茶の毛に包まれて、犬は桃色の長い舌をハッハッハッと息をしながら垂らしている。一歳の若い潑剌《はつらつ》としたオスである。

「ジョン。シット！」

と緑が言うと、家来のようにぴたりと座った。

この家にかつてない気合いの入った生きものが加わった。指示は英語で与える。

「ふうん、ドイツ語かと思うたわ」

ミツ江が笑った。ドイツは日本と一緒に負けた国だ。流行は戦勝国から入ってくる。ボールを投げて取ってこさせる。ボールをきちんとくわえて戻ってくると、

「グッド、ボーイ！」

と褒《ほ》める。犬の黒い眼がぱっと輝いて、その言葉に喜んでいるのがわかった。

犬は躾を受けていても、飼主が指示を出さなければ、もとに戻る。躾が解けてしまうのだ。それで克美と緑は毎日、散歩を兼ねて、桃園球場に犬を連れていく。走らせたり、ボールを取ってこさせたり、横について歩かせた。

夕方の広い球場には人影がない。市民球場でグラウンドへ入る戸も施錠がないままだった。犬と人間たちは毎日駈け回った。緑は陽に焼けて丈夫そうな少女に育っていく。

克美は緑が自分の好むような女になることがないよう、念じたかった。健やかで翳《かげ》りのない女になって、気持ちの良い健全な若者と恋愛をして結婚してほしかった。ジョンの犬舎を造った大工をまた呼んで、二階の緑の部屋に大きな書棚を設けた。

「緑。わしたちは本を読もう」

克美は少年少女の読物をいろいろ買い込んだ。よくわからず買ったルナールの『にんじん』は男の子向きだった。バーネットの『小公女』は父親に死なれた少女が、けなげに生きて幸福になる話だ。ただ中学生が読むには幼いようだった。『若草物語』。『赤毛のアン』。自転車で十五分の八幡市立図書館へ行って、彼は司書に教わって帰ってきた。

ついでに克美も本が読みたくなった。

「何か精神修養に向いたものはないですか」

初老の司書は少し考えて、

「これなどはどうですか。よく読まれています」

と一冊の本を持ってきた。カードに住所氏名を記入して、本を借りて帰った。夜、晩酌をしながら頁を繰ってみる。『般若心経』。フリガナがついていた。

色《しき》不《ふ》異《い》空《くう》　空《くう》不《ふ》異《い》色《しき》　　色即是空《しきそくぜくう》　空即是色《くうそくぜしき》

読み下しに、

色は空に異ならず。空は色に異ならず。
色はすなわちこれ空、空はすなわちこれ色なり。

とあるが何のことだかさっぱりわからない。

解説のところを見ると、

「この世においては、物質的現象には実体がないのであり、実体がないからこそ、物質的現象である。」

とあって、克美は頭がもつれかけてくる。

「実体がないといっても、それは物質的現象を離れてはいない。」

つまり、ないということは、あるということの反語であるから、ものがある、あるいはないという現象はその意味において、物質世界の概念であるということだろうか。

「感覚も、表象も、意志も、知識も、すべて、実体がないことである。およそ実体がないということは、物質的現象なのである。この世においては、すべての存在するものには実体がないという特性がある。」

参ったな。

と克美は腹這いになったまま思った。

克美は先日のあの鶴崎の妻の白いうなじを眼に浮かべる。あれに実体がないなんて信じられるだろうか。あのなまめかしい、大人しい白蛇みたいな細い首。いったいこの堅固な世界が、この色《しき》という認識世界がどうして空《くう》などであろうか。それらが真に実体のないものなら、ここで迷わされている自分というものは、何だろう。

翌朝、彼はまた自転車にうち乗って『般若心経』を図書館に返しにいった。


鶴崎はすっかり克美の店の上得意になった。

「テーラー瀬高」の前には、月に二、三度も鶴崎のダッジの車が長い車体を光らせて停まる。

鶴崎が現れるのはたいてい日曜日の昼下がりだ。いつも妻を伴って現れる。克美の店で仮縫いや試着がすむと、どこかの店へ二人で夕食をとりに行くようだ。

鶴崎夫人はほとんど黙って微笑んでいる。

この美しい人妻の唇から、白くこぼれる歯の間から、どんな声の響きが洩れるかと、克美は細い清水の滴り落ちる竹の樋《とい》を見守るように息を詰めている。

妻のミツ江は相変わらず買物ついでに商店街の坂を下りると、下宿業の江藤家に上がり込んで遊んでいる。

盛夏。早くも秋のスーツの生地を見にきた鶴崎は、ふと思いついたように妻の方を見て、

「瀬高さん。婦人物は縫わないのかね」

と聞いた。克美は胸の高鳴るのを抑えて頭を下げた。

「はい、ご用命とあれば」

「揃いの生地で家内にも、婦人物のかっちりしたスーツが一着欲しいね」

それならしなやかなシルクウールがいい、と克美は門司の船来卸しの業者から預かっていた生地を取り出した。

数年前まで女性は防空頭巾《ずきん》にもんぺ姿だった。婦人物のスーツというと、北九州の鉄の町で店を出している克美などには、たまに洋画の映画写真に見る外国の女優の姿がぼんやり浮かんでくる程度だ。

克美はふとそうして鶴崎の妻の横顔を見ると、『黒水仙』という映画のデボラ・カーという女優を思い出した。その目元、口元が眼に蘇る。口元の締まりに貞淑の気概がたくわえられているような強さを感じる。今まで克美が惹かれた女とは異なるのが不思議議である。

今日の鶴崎の妻は麻の白地のワンピースを着ていた。克美はこういう細腰のキリッとした女には、肩パットの入った男仕立てのジャケットとスカートも悪くないと思う。鶴崎が選んだ生地はうっすらと赤味の混じったグレーだった。克美も異存はない。

「縫わせて戴きます」

鶴崎の体型はもう採寸済みで、あとは原型から型紙を起こすだけである。克美は窺うように眼を上げた。

「では奥様の採寸をさせて戴かねばなりませんが」

「それなら、みちこ」

と鶴崎は鷹揚な声で自分の妻の名を呼んだ。

「今からやってもらうがいい。わしはここでゆっくり待っているとしよう」

鶴崎は傍らの新聞を手に取ると、椅子に腰掛け直した。鶴崎の妻は黙って微笑んだままだった。克美の耳にあるかなきかの籠もったような彼女の息の音が流れた。流れたような気がした。

「では奥様。こちらへ」

克美は鶴崎の妻を部屋の奥の衝立《ついたて》の中へ案内する。生来、何をするにも人には慇懃すぎる男だから、彼は下僕のように畏《おそ》れ入って巻尺を手にする。

「失礼いたします」

鏡の前に彼女を立たせて、克美は背後にまわった。採寸には二箇所の基点がある。そこをまず確認して特徴を知るのである。

克美の眼の前に鶴崎の妻の白い後ろ首があった。二枚の細長い花びらのような耳が、後ろ首の左右に行儀良く付いている。そのうなじの下の小さな飛び出た骨と、横へまわって肩と腕の付根の突端の骨。この二点をつなぐと、縦横の骨格のバランスがよく見晴らせる。

鶴崎の妻は骨の均衡の美しい女であった。

まず克美は後ろ首の骨の突起に巻尺を当てる。

以前、彼女の背中のカギホックを付けたときのように、克美は自分の右手の小指を女の体にわざと押し当てることを忘れなかった。巻尺の起点を右手で押さえると、左手でするすると伸ばして肩先のポイントで止める。そこで肩のゆきを測って右の小指を押し当てる。薄い皮膚を通して女の骨の生温《なまぬる》い感触が克美の指を押し戻した。

鶴崎の妻のトルソォが克美の脳裡に形作られていく。

女の両脇に手を差し込んで胸囲を測る。

そのまま克美の手は下へ降りて、腹回り、さらに降りて尻回りに巻尺を当てて測る。

それから女のスカートの前へ手を伸ばすと、下腹部の恥骨の下に軽く当てた巻尺を、すうーっと股下まで切り下ろすように下げていく。

女の下半身がくっと揺れた。克美は彼女の足元に跪《ひざまず》いている。顔は見ないようにしている。眼を合わさないまま、静かに克美の陵辱は進んだ。

女の体がぐらぐらと揺れて、耳元に伝わるほどの息をつき始める。その体が危うく傾きかけて、支えを求める片手が克美の肩にかぶさってきた。

熱い手だった。

そのとき衝立の向こうで新聞を折り畳む音が流れた。鶴崎が新聞を繰っている。それをしおに克美は鶴崎夫人の手を外して、無造作に立ち上がった。

「はい、奥様。終わりましてございます」

肩に載った糸屑を払うように言った。

帰り際に鶴崎は、揃いのスーツは妻のぶんを先に作ってくれるよう注文した。テーラーでどんな婦人物ができるか、楽しみと心配が半々の顔である。

「仮縫いは半月ほどででき上がります」

「ではその頃、また様子を見に寄ろう」

鶴崎夫人の顔にはいつもの微笑みはなく、頬を上気させてうつむいていた。夫人の胸の鼓動が白いうなじに立ち昇ってくるのが克美には見えた。

二人が帰った後、克美は注文の生地を予約の棚にしまうと、中断していた前の仕事の続きに戻る。洋服の原型図というのは、立体の人体を平面に置き換えることだ。そのためには人体の凹凸《おうとつ》を切り開いて、紙や布の上に展開していくのである。

それを元にデザインを加えて、実際の裁断した布を縫って接《つ》ぎ合わせていく。だが客の体型・寸法に必ずしも忠実に仕上げることはない。実寸の胴体に合わせすぎると、体の癖が露《あら》わになる。

下がり肩は厚手のパットを入れて補正し、猫背の後ろ身頃にも張りのある生地を用いて、両の肩胛骨《けんこうこつ》から広く吊り上げて成形する。洋服のオーダーの到達点は、理想の体型のまぼろしに近づくことだ。

洋服と和服の縫い方は元から異なる。和服は平面の布を肩から垂らして、その重みで着るのである。布の重みでシルエットが生まれる。だが洋服の場合は一枚の布を切り開いて人体のトルソォを作る。

新入りの頃、小糸親方が自分の胸を叩いてよく教えてくれたものだ。

「ええか、前身頃のこの中には、人間の心臓と肺が入っとるんじゃけえ。忘れんごとのう。洋服は生きて動《いご》く人の五体を入れるもんよね」

つまり洋裁は解剖学とつながっているのだろう。

そんなことを考え始めると、克美の想念はやがて広島の町を焼き滅ぼしたピカの火へつながり、小糸親方の厚い胸板も親方の体と共に焼滅してしまったことを思うのだった。

そういえばあの頃の広島の町には、克美のような職人見習いの少年たちが結構いた。

彼らはそれぞれエキスパートの親方の家に徒弟として入り、寝食を共にして技術を習う。大工、左官、庭師から、洋裁師。そういえば広島には腕の良い小さな靴職人の店が多かった。そこには克美と同年代の少年たちが弟子入りして修業に明け暮れていた。

たまに克美が昼飯代わりのお好み焼き屋に入ると、彼らに出会った。あの時代に、洋服と和服が異なるように、靴と下駄や草履の違いを少年たちは叩き込まれたようだった。

下駄や草履は足の指に鼻緒を突っかける。だが靴は足型に革を裁断して作る。足は胴体より複雑な凹凸をして、その上に人間の全体重がかかるのだ。足に沿わないとまめができる。靴擦《ず》れが起きる。仕上がりがうまくいかないと親方に拳骨を食わされるという。

洋裁師の親方の凶器は太い裁《た》ち鋏《ばさみ》で、カッとなった親方が思わず手を振り上げるとき、鋏を握っていれば、即逃げねばならない。靴屋の親方が振り上げるのは革に打ち込む先が尖ってひん曲がった金槌《かなづち》である。

「今日は親方の気が立って危のうてな、夕方までは、店にゃ戻れん」

お好み焼きの千切りキャベツを頬張りながら、少年たちが言うのを聞いた。この時代、徒弟制度はたいてい暴力と合わさっている。親子・夫婦間もそうだが、粗野な情愛は暴力と結びつきやすかった。

克美は門司へ来てたまに洋画を見にいくと、イングリッド・バーグマンや、キャサリン・ヘプバーンなど、外国の女優の足元に眼が吸い寄せられた。

ミツ江たち日本の女の足は、下駄を突っかけている。生気のないミツ江は扁平足の烏賊《いか》みたいな薄い足をして、だらしなく下駄を引きずって歩いているが、そこへいくと西洋の女靴は艶やかな革の細身で、女優の足に吸い付くように履かれているのである。

そんなときの彼女たちの細いハイヒールは、克美の眼に口をキリキリと開けた蛇のように見えた。喉元深くまで女の白い足を呑み込んで、彼女たちの行く所をどこまでも食らいついていく。

鶴崎の妻はいったいこの北九州のどこで、どんな店でさっき履いていたような仕立ての良い女靴を誂えるのか。克美の手が止まる。

今し方まで動きもならぬ鶴崎夫人の体に、盗み癖のついたような手を差し込んでいたのに、克美は今はもう夫人の行きつけの靴屋などに嫉妬を覚えるのだ。彼は妄想を振り落とすように頭を振る。そうして手を動かしながら考えた。

これからの被服の世界は、布を体に巻き付ける、体の動きの不自由な着物から機能的な洋服へと、人々の需要が移っていくのである。克美の職業は川の流れに乗るようなものだった。

彼は自分が働いて養っていかねばならない妻と養女のことを思う。ミツ江は年々に喧《やかま》しい邪険で始末の悪い女になっていくが、それでも広島から夫を捨ててついてきてくれたと思えば哀れで愛しい。養女に迎えた緑は、克美にもミツ江にも勿体《もったい》ない利発で清純な娘に育っていた。

自分は何をしているのだろう。

克美は我に返る。働かねばならない。彼の頭にしばらく取り憑《つ》いていた妄念が、やっと少しずつ吹き払われていった。

＊「般若心経」の解説は、『般若心経 金剛般若経』（中村元・紀野一義訳註、岩波文庫）による。

三

ヒナ子の夏休みのハイライトは、何といっても盆の三カ日である。江藤辰蔵の家の前は空き地で、八月に入ると夜には電球が連なって光り、盆踊りの稽古が始まる。

盆踊りはただの娯楽とは違う。八幡の町中をまわって、初盆の家の新仏に踊りを供えるのだ。夏の本格的な町内ごとの行事である。ヒナ子の町内の盆踊り組は定評があり、八幡市内の各所から呼ばれていて、盆の三日間は夕方から夜半遅くまで招かれた家々を巡っていく。

日暮れになると、浴衣に菅笠のおっ師匠《しよ》さんが三味線を提げてやってきた。老人だったが蓄音機みたいにびんびん透《とお》る声で、一晩中歌い通しても疲れることを知らない。マイクなどというものもいらないのだ。

昼間の日射しが衰えて軒の影が長く伸びる頃、ヒナ子たち子どもは江藤家に集まって、おとなの女たちに化粧をして貰う。水白粉《みずおしろい》をべったり塗ると、川に蟹《かに》取りに行き、山に鳥捕りに行きして真っ黒に焼けた顔も、のっぺりと白くなるのだった。頬紅と口紅を差して、手鏡の中にヒナ子の知らない不思議な顔ができ上がる。

お化粧は近所の男の子たちにも施される。

「ヒナ子ぉ。おれじゃあ。見れ、見れ」

と自分の顔を指し示すが、隣家の正夫も向かいの成雄《しげお》も判別のつかない顔である。やがて少年少女たちは浴衣を着せられ、手甲脚絆を付け、花笠をかぶせられ、草鞋《わらじ》の紐を結ぶ。

年嵩《としかさ》の娘たちや若い主婦は美しく仕上がる。若い男の浴衣姿に菅笠、草履は粋である。ヒナ子の祖母は踊りの一行の先頭で町内会の名を記した提灯を持った。江藤の辰蔵は歌のおっ師匠さんのばんこを提げていく。ばんことというのは屋外用の腰掛けだ。

瀬高のミツ江も緑を連れてやってきた。二人も踊り手に加わるためだ。

「瀬高のおいさんは踊り見に来んの？」

ヒナ子が聞くと、

「おいさんは、えっと、お酒飲んで寝てしもうた」

と緑がくすくす笑う。盆も正月も克美は縁のない男なのである。緑は中学生だが背が結構高いので、一人前の娘のようなおとなびた踊り子の姿になった。

「瀬戸内の盆踊りとは違うわね」

と緑は喉をかき鳴らして歌うおっ師匠さんに驚いている。盆踊りの歌も土地によっていろいろある。

ヒナ子は八幡の盆踊りの歌が少し怖い。

盆はなあ　盆は嬉しや
別れた人も　晴れて　この世に会いに来る

そんな歌の文句である。盆に会いにくる人といえば死人に違いない。だからヒナ子は盆踊りでひと晩中歩きまわって、どんなにくたびれても、家で菊二と留守番をするのは嫌である。

盆の十三日の夕方。陽が沈んで残照が消えようとする頃、辺りは妙な銀色の世界になった。サトは家の前の地面に線香の火を焚いて両手を合わせ、巾着そっくりの口でぶつぶつと唱えるのだ。

「さあさあ。ご先祖の皆々様。十万億土からよう帰られました。どうど、どうど、懐かしか家の内にお入りくだされ。ずうーっと奥まで、お上がりくだされ」

するとヒナ子の眼には、サトの言う白い着物を着た亡者たちが、ぞろぞろと家の中へ入っていく光景が見えてくるのである。盆の三日間は先祖の幽霊が家の中を占領する。踊りくたびれても、眠くても、足が痛くなっても、ヒナ子は外にいるほうがいい。

菊二は常に盆、正月の人並みの行事の外にのんびりといて、銭湯から戻るとさっさと寝てしまうのだった。

いったいなぜヒナ子の家には亡者が沢山いるのだろう。亡者は先祖であるから、ヒナ子の家には特別に先祖が多いことになる。それはたぶんヒナ子の祖母のまた母親という人が、十三人も子どもを生んだからだろう。

オタマジャクシは沢山生まれるが大半は死んでしまう。死ぬから予備を生むのである。サトのまた母親も予備をいっぱい生んだわけか。それで十三人の内の八人のきょうだいは死んでしまって、盆になるとぞろぞろヒナ子の家の仏壇に帰ってくる。

彼らは十万億土というあの世で暮らしていて、サトの話では盆の十三日になると、そのフタが開くのらしい。そのフタの間から何だか煮豆が零《こぼ》れ出るように、ぞろぞろとご先祖様たちが這い出して、この世に戻ってくる。フタがあるのだから、十万億土は巨大な釜の姿になって、ヒナ子の眼に浮かんでくる。盆の間はヒナ子の家だけでなく、日本中、幽霊だらけになるわけだ。

出発の時がきて、おっ師匠さんの三味線がジャンジャン鳴ると、ヒナ子たち盆踊り組は初盆の家から初盆の家と踊っていく。そんなときも八幡の北の夜空には、製鐵所の何基もの高炉や煙突の影が浮かび上がり、工場の火の反映が赤々と染め上げている。

新仏の出た家々は、ぼーっと青い灯をともした提灯を軒に下げて迎えた。寸志の包みを会計役のサトが受け取る。ラムネや西瓜《すいか》、駄菓子の山盛りが出て、子どもの踊り子まで五円玉の包みを貰うのだ。お年玉に次ぐ子どもたちの現金収入だ。

盆踊りは明々として賑やかだが、踊りの輪から外れた物陰にはしんとした小さな闇が潜んでいる。

盆の中日の夕方のことだ。サトは役員の話し合いがあって踊りの衣装に着替えて先に出かけ、菊二は銭湯に行ってまだ帰らない。ヒナ子が盆踊りの衣装を風呂敷に包んでいると、カタリカタ

リと家の戸の開く音がした。ヒナ子が耳を澄ますと音は止んだ。

「誰ですか……」

ヒナ子がそろりと声を出すと、上がり口の障子の間に痩せた女の顔がふらりと覗いた。うわっ、とヒナ子は眼を剝いて叫んだ。

「馬鹿じゃないの。あ、た、し。お母さんよ」

百合子が呆れた顔をして上がってきた。百合子は再婚した先で洋裁の内職を請け負っていて、忙しいのでめったに顔を見せなかった。盆には生きた人間の客もやってくるのである。

「ちょっとおいで」

と百合子は突っ立っているヒナ子を手招いて、持ってきた包みからギンガム地で縫った赤と白の格子の吊りスカートと、揃いの半袖ブラウスを取り出す。ヒナ子は飛びついて腰に当ててみる。

「うわっ。よかねえ、お母さん！」

「これ、テンプルちゃんが着とるのと同じよ。何度も型紙取り直して作ったんよ」

テンプルちゃんは洋裁雑誌に載っている、アメリカの人気子役だ。ヒナ子がスカートを穿《は》いて、部屋を踊りまわっているとサトが戻ってきてやっぱり、

「うわっ」

と上がり口で叫んだ。

「あたし、よ」

「ああ、肝が縮んだ。めったに来ん者が来ると、誰でん吃驚するったい」

せっかく来たのに百合子はサトからも叱られた。

盆の最終日になった。いよいよ盆踊りのフィナーレである。夕方早く踊りの支度にかかる前、サトはまた家の表に線香の火をもくもくと焚いた。

遠路の来客を送り返さねばならない。サトはぶつぶつ唱えながら、見えないものたちを両手で払うようにして急《せ》き立てた。

「さあさあ。ご先祖の皆々様。十万億土のフタが閉まります。来年までお別れじゃ。どなたも早う行かっしゃい。さあさあ、早う急がっしゃい!」

ぐずぐずして亡者が帰り損なっては困るので、ヒナ子も送り火をパタパタ煽いで追い払った。

盆が終わって四、五日した夜のこと。

明かりの消えた「テーラー瀬高」の店の戸を叩く者がいた。電報配達夫が来たのだった。送り主は瀬戸内に住む緑の父親である。結核で療養していた緑の母親が亡くなったのだ。

緑は克美と一緒に田舎へ葬式に帰っていった。

来年は、緑が母親の初盆を迎えることになる。

夏が過ぎてカラリとした秋風が吹き始めると、八幡の町には一つの歌ばかりが繰り返し流れてくる。

九月も半ば過ぎると、市内の小中学校の運動会が近づいてきた。運動会の練習には校歌が繰り返し歌われるが、八幡の町では市歌のほうに熱が入った。毎日、朝に夕に全校生徒が校庭に集められて、「八幡市歌」を歌わされる。

ところで小学生の子たちにとって、「八幡市歌」は謎の歌なのだった。

天の時を得　地の利を占めつ
人の心の　和さえ加わり
たちまち開けし　文化の都
八幡　八幡　吾等の八幡市
市の発展は　吾等の任務

大正六年、遠賀《おんが》郡八幡町から八幡市へと市制が施行されたおり、第五高等学校の八波則吉教授が作詞したというもので、時代が古い。そのためにヒナ子たちの頭の中では不思議な歌に変わってしまうのだった。

低学年の子は耳だけで歌詞を理解するものだ。

それで「てんのときをえ」は「天の時おえ」となり、「ちのりをしめつ」は時代劇映画の影響で「血糊をしめつ」となるのである。そして「ひとのこころの　わさえくわわり」の「わさえ」

がわからない。

もしかすると「わさえ」は女の名前で、「一枝」や「安枝」というような名前の一つではないのか。すると「わさえ」はどんな漢字になるのだろう。むむ。謎である。

歌詞の三行目から後は子どもでもわかる。

「たちまち開けし　文化の都」ということで、八幡賛歌が続き、「市の発展は　吾等の任務」となるのだが、それでも最初の「天の時おえ」が、ヒナ子の頭の中では黒い雲のようにわだかまっている。

ひょっとすると、とヒナ子は考える。「天の時を」は、フルネームの「天野時男」ではなかろうか？

つまり「天野時男」が「血糊」を付けて、そこに「わさ枝」などが駈け付けて、何か事件が解決したのかもしれない。そしてそんな騒動の末に、「文化の都」の「八幡」ができて、「市の発展」が市民すべての「任務」となった、というストーリーが生まれてくる。

というわけで、ようやく市歌の謎解きはほぐれていく。

けれどくる日もくる日も八幡市歌の八幡賛歌を、運動会の練習で歌わされていると、さすがに子どもたちも飽きてきて、だんだん愛郷心に嫌気が差してくる。

「じいちゃん、ばあちゃんに孝行しなさい」

とよその人に言われて、「言われなければするのに」と思う単純素朴な心理と同じである。

ヒナ子は運動神経がなくて体育は苦手だが、運動会は好きだった。ヒナ子はいっぱいごちゃごちゃ、賑やかなのが好きである。祖父母と三人暮らしなので、人が大勢いるだけでわくわくした。

運動会の朝。

ヒナ子が起きると、台所では菊二がタスキ掛けで寿司飯を作っていた。巻寿司、いなり寿司、茶巾寿司、全部、菊二が作る。炭鉱の落盤に遭っても生き返ったサトであるが、料理は下手である。

後から行くから頑張っておいで、と言われてヒナ子はご飯を食べて体操服に着替え学校へ行く。汽車道から電車道を通ってどんどん上がっていくと、小学校の方角の空がもうもうと黄土色に染まっていた。学校の運動場の土が大勢の人出に巻き上げられて、空へ立ち昇っているのだった。

円形の大きな運動場が砂嵐の発生源である。学校の塀の近くまで来ると、周囲の木の上に見物人が鈴《すず》生《な》りになっている。市民にとって小学校の運動会の観戦もめったにない娯楽だった。江藤家の下宿人の職工たちも木の上に登っていた。

校門をくぐると、運動場の周囲はゴザがびっしりと敷き詰めてある。一クラスに五十何人の児童がいて、各学年共に六クラス以上はある。学年が下がるほど子どもの数も増えるので、学年全体で千五、六百人はいるだろう。

その子たちの家の者がやってくる。両親に祖父母、中学高校の兄や姉もくる。おじやおば、親類縁者に近所の者まで呼んで弁当を出すから、運動場は人だらけだ。

演目が始まる前から、運動場は巨大な砂の攪拌機《かくはんき》となって空を濁す。やがて今にも学校が破裂しそうに膨らんだ頃、パンパーン！　と開始のピストルが鳴り響いた。ヒナ子は徒競走が大嫌いだ。お尻から二番目でゴールに着いた。ヒナ子よりもっと遅い子もいるのである。

今日の運動会には緑も来る約束だった。

緑の通う明治学園の運動会は例年春だから、今春、遅れて入学した緑は間に合わなかった。ヒナ子が苦手の二年女子のダンスも終わり、気の進まないパン食い競走がすむと、やっと待ちかねた昼になった。これからひと騒動が始まるのだ。

児童たちは自分の親のいるゴザを探さねばならない。ヒナ子はサトと約束した国旗掲揚台の所へ行った。しかしそこは親を探す児童と子を探す親が入り交じって、いつもなら遠くからでもすぐわかるサトの白髪頭を見つけることができなかった。

ヒナ子は国旗掲揚台から少し離れた所に、サトが探しやすいように動かないで立っていた。けれど、待っても待っても白髪頭は現れない。

そのうち児童たちは親と出会って、自分の家のゴザへ連れていかれる。さしもの親探し子探しのゲームも治まっていくが、毎年、最後まで親の見つからない子どもが出る。今年はヒナ子もその一人になってしまった。

ヒナ子を待つゴザには祖母がいて、祖父がいて、重箱には巻寿司、いなり寿司、茶巾寿司と色とりどりのご馳走が入っているはずだ。それを囲むように江藤辰蔵、瀬高のミツ江と緑、百合子もヒナ子の晴れ舞台を見にきているだろう。

ヒナ子は運動場を埋めた群衆を、一粒の豆にでもなったようなしんとした気持ちで眺めた。淋しくはなかったが、はだしの足がふわりと宙に浮くような気がした。

そのとき背後から女の人の声がした。

「嬢ちゃん。お母さんが見つからんとね。こっちへ来《き》んさい。おなか空いたろう」

すぐ近くのゴザから太ったおばさんが手招きした。言われるままゴザに上がると重箱をすすめられた。まわりでは六人の体操服の子どもたちが並んで食べている。みなおばさんの家の子であるらしい。ヒナ子はお握りと卵焼きを貰って食べた。

隣のゴザからも海老の天麩羅がやってきた。

「よかよか。親はのうても子は育つさ」

あぐらをかいた老人が紙に包んだ茹《ゆ》で栗をくれた。ヒナ子は貰ったものを全部食べた。お茶もジュースもたっぷりと飲んだ。やがて昼の休憩時間が終わり、合図のピストルが鳴った。ヒナ子は礼を言って立ち上がった。

とうとうその日、ヒナ子は自分の家のゴザにたどり着かずに終わったが、一人ぼっちの運動会も面白かったという気がした。親のない子の気分だった。

だから緑だって平気である。そうヒナ子は思った。

夕方、運動会が終わってヒナ子が家に帰ると、カラになった重箱や汚れた小皿が台所の流しに積んであった。

「お母さん」

と緑はミツ江のことを、はっきりと呼ぶようになった。はい、とミツ江も答える。瀬戸内の生家の母親が病死すると、形ばかりの養女だった緑の気持ちもあらたまったようだった。

「お父さん」

と克美も呼ばれる。もう伯父さんではなかった。

毎朝、緑が学校へ行く前に、シェパード犬のジョンを連れて二人で桃園球場へ散歩に行く。

秋が過ぎていく。今年の冬は緑にも女物の丈の長いコートを作ってやろうと思う。それから赤い革靴もどこかで誂えてやりたい。

犬を引いて歩く克美の頭の中ではその一方で、最近何か勘づいたようで、やたらと自分を呼び出そうとする澄子の鬱陶しさや、今度は冬の揃いのスーツを注文してきた鶴崎夫婦のことがよぎる。

鶴崎夫人とは実際の体の交渉をおこなったわけではない。あくまで採寸のときに起こった、発作的な行為だ。しかし夫人もそれに抵抗しなかった。それのみか彼女も発作的に自分の方から体を寄せてきたのである。見えない矢が放たれた。

だが克美が矢を射たわけではない。鶴崎の妻が射たわけでもない。するとこの矢は何者が放ったのか。克美にはわからない。矢は宙に刺さったままである。


十一月に入ると雪が降り始めた。

北九州は日本海を寒流が通るので寒い。南国九州というのは熊本から南だ。毎日降り続ける雪に緑は喜んで、小さな雪だるまを作ってから学校へ行った。雪だるまは消し炭の眉と目を付けて、店の前で通りを睨んでいる。克美は緑に見張られているような気がした。

十一月十八日の朝は吹雪になった。

昼前になると少し風が弛《ゆる》んだ。しかし雪は息をするように吹雪いたり止んだりを繰り返す。昼過ぎにマフラーを頭からぐるぐる巻きにしたヒナ子が、ふかふかの雪だるまみたいになってやってきた。

「克美おいさん。起業祭に連れていって！」

店に飛び込むなり言う。そういえば今日から三日間は八幡製鐵所の創業記念の祭りが催されるのだった。殉職者の慰霊祭もおこなわれるので、慰霊碑のある市の中心地区の広場はごった返す。

「学校には行かんのね？」

「今日は休みや。明日と明後日《あさって》は半ドンで昼まで！」

ヒナ子は息をはずませて言う。

八幡製鐵所の祝祭は、市の祝祭も同然だ。居ても立ってもいられず、ヒナ子は達磨ストーブのそばで足踏みしている。そこへ緑が二階から降りてきた。克美は朝から緑の姿を見ないので、とっくに学校へ行ったものと思っていたのだ。

「おいさんは仕事じゃき、行かれんよ」

「でも行きたいもん！」

起業祭の広場にはサーカスのテントや、見せ物小屋が立ち並ぶ。

「そんなものはおばあさんに連れて行って貰《もろ》うたらいい」

「だって、おばあちゃんは駄目やもん。製鐵所の中はものすごか音がガンガン鳴って、火が噴いて熱うて、おとろしか（恐ろしい）所やて言うと」

「お父さん。あたしも行きたいわ」

と、二人のやりとりを聞いていた緑が言った。ヒナ子が飛び跳ねて喜んだ。

「ほら、緑さんだって行きたいよね！」

「製鐵所の中に入れるの？　それだったら、あたしも行ってみたい。ヒナ子ちゃんと行く！」

克美はとうとう仕事の手を止めた。

工場の中は危険なので、子どもだけの入場は許されないという。今日のところは仕事に急ぎの注文はなかった。克美は二人を連れていくことにした。服を着替えるとミツ江に言い置いて、二人を連れて家を出た。

真っ直ぐに町を下ると、製鐵所の西門電停まで歩いていった。克美はミツ江の手編みの毛糸のマフラーを首に巻いた。睫毛《まつげ》が白くなる。雪をかぶって白くなった工場群が西門の背後に広がっている。

八幡製鐵所が工場の一部を市民に開放して見せるのは、起業祭だけで、入口は八幡の西門と戸畑の門の二つだけであるらしい。地下の石段を降りて通用門を入ると、何やら大きな工場の機構が建ち並ぶ所へ出た。ここからはもう別世界だった。

そこから案内の作業着の男に誘導されて、見学者の長い列の尻についていく。三人は並んで顔を見合わせた。

「この列はどこへつながっとるんかね」

克美はげんなりして聞いた。雪の吹きさらしだ。

黒々とした工場群の建物をかき消すように、いつの間にか綿雪に変わった白いものが風に舞い飛ぶ。

「溶鉱炉を見にいくんよ！」

ヒナ子が言った。

「その後、キジョー工場にも行くと！」

「キジョー工場ってどんな所？」

緑が聞く。

「知らん」

ヒナ子は凍える足でトントンと地面を踏んでいる。

雪空の彼方に高い機構が聳《そび》えていた。それが溶鉱炉であることは克美にもわかった。あそこで何トンもの鉄が溶けているのだと思った。

その火を今から見にいくのだ。ふと克美の胸の内で何やら後ずさりする気配がある。しばらく忘れていた広島の、あの大きな火を思い出した。

親方を焼き滅ぼした激しい閃光《せんこう》が脳裡に浮かんでクラッとした。

工場見学の長い列はさっきから止まったままである。辺りはだんだん入場者で埋まっていき、先の方がどうなっているか首を伸ばして眺めるがよくわからない。

八幡製鐵所の起業祭は明治三十四年から始まったが、祭りの最大の呼びものといえば、サーカスの綱渡りでも猛獣ショーでもなく、溶鉱炉から出た真っ赤に溶けた鉄をこの眼で見ることだ。見学者数の最高は大正十四年の十万人で、時代は下っても例年五、六万人は足を運ぶ。

中は轟音《ごうおん》の渦巻く火事場同然というのに、列には赤ん坊を背負った女の姿も混じっている。両手に幼児の手を引いた女もいるのである。男の子を抱いた男もいる。年寄りもいる。職工たちの親兄弟の大半は西日本一帯の田舎から来ており、家族や親戚も連れだって、東洋一の製鉄所見物にぞろぞろと集まってくる。

膨らんでいく列の中で、そんな熱気に背を向けるように独り覚めた顔をしている者は、瀬高克美の他にはいない。克美にとって製鉄所は何の感興も催さない無縁の場所である。たとえば手に取ればしっとりと流れるような風合いの高級服地や、柔らかな女の肌を無上のものとする男に、この煙突群の吐き出す煙の底の底の、煤煙まみれの場所が面白かろうはずがない。

克美たちの前に並んでいる二人の老人が、天皇の話を始めた。つい一昨年、製鐵所の西門に天皇が立ったのだから、未だに何かと話題になるのである。敗戦後の二十四年五月、現人神《あらひとがみ》から人間の座に降りた天皇が、九州巡幸の途次に八幡製鐵所を訪問した。

「あのときばっかりは魂消《たまげ》たのう」

「ああ。煤煙まみれの門の前に立ち御座ったけのう。わが眼ば疑うたもんじゃ」

聞きながら克美にも、その尋常でない光景が見えてくる。戦時中までは、御真影といって写真でさえこの眼で拝むのが憚《はばか》られた天皇が、自身の足でひたひたと歩いて、手を振りながら人々の前に現れたのだ。

「小さかお方じゃったな」

「おう、おう」

年寄りたちは彼方に眼を凝《こ》らすようにして、うなずき合った。

西門前は製鐵所の長い塀と汽車道に沿って、だだっ広いだけの見栄えのしない空き地だった。そこに小さい天皇が手を振りながら立った。克美はその日、店で仕事をしており、ミツ江だけが買物籠を提げて商店街の坂を下っていった。いつものように姉のいる江藤家で遊ぶためである。そこから天皇の立った西門前まで歩いて五分もかからない。

「あたしゃ、天皇さんを見てきたと！　こまい（小さい）方じゃったわ」

帰るなりミツ江が言ったのだった。

戦後のニュース映画に出る映像では、確かにマッカーサーと並ぶと天皇は極端に小さく見える。しかしマッカーサーはアメリカ人の中でも偉丈夫で、普通の平均的日本人の身長なら、誰だって矮小に見劣りして映るだろう。

天皇が小さかったのは、ニュース映画でも想像でも幻影でもなく、実寸の体軀でもって、かつての神が人前に出てきたからだろうと克美は思う。

彼の心は常に世にそっぽを向いていた。神仏も天皇も何ともない。畏れることも怖れることもなかった。それだけ克美の心は、世間との間に距離がある。距離が開いているということは、それだけ孤独ということだ。

「そやけど」

と片方の老人が言った。

「わしらも魂消たが、天皇さんも溶鉱炉の火には腰が抜けなったじゃろうな」

「あの火ば見て、平気な人間はおらんやろ」

「今まで戦争ば支えてきたのも、負けた国ば立て直すのも、八幡製鐵所じゃけんな。頼みますぞと、宿老《しゅくろう》だちに言い御座ったそうじゃ」

敗戦の試練を待つまでもなく、江戸時代の鉱山師・下原重仲《しもはらしげなか》が、製鉄技術の指南書『鉄山必要記事』の中で、

「庶民百姓、鉄の徳に預かる事、大なり」

と記している。

産業経済に影響を及ぼす鉄の生産は、早くから日本でも開拓されていたのである。下原重仲のいう「鉄の徳」を、同じ時代の三浦梅園《ばいえん》も尊んで、

「金・銀・銅・鉛・鉄の内にては、鉄を至宝とす」

と述べた。鉄が一番の宝で、鉄の前には金も銀もうち捨てている。

「如何となれば、鉄はその価《あたい》、廉にして、その用広し。民生一日も無くんばあるべからず」

鉄の廉価と用途の広さをもって、五つの金属中の宝とする。経済に主眼を置くと明快な価値観になる。

「そうじゃ、そうじゃ」

年寄りの声は高くなる。

「これからの世は鉄じゃけのう。天皇さんの言い御座る通りじゃ」

その製鉄の心臓部が溶鉱炉だ。当日の西門には、田中熊吉をはじめ八幡製鐵所の六人の宿老職が天皇を出迎えた。田中熊吉は所内で「高炉の神様」と呼ばれていた。この時代、技術には何よ

り勘と経験が要求されたので、巷《ちまた》には「鋳掛《いか》けの神様」「釜焚きの神様」「瓦焼きの神様」など様々な神がいたものだが、巨大な鉄の釜を操る高炉の神は聞くだけでも凄みがある。

最前列のすぐ近くで見てきたというミツ江には、天皇は「こまい方」だったが、溶鉱炉の神は「凄う大きな人」だったようだ。天皇がねぎらいの言葉をかけると、返事の声もひときわ太かったという。

克美は上気してしゃべるミツ江のそばで、ミシンをカタ、カタと踏んだ。自分の仕事には火もいらず、膂力《りょりょく》もいらず、一針一針、指先で刺していくだけだ。華々しいものも、人に言えないほどの秘めた労苦もあるわけではない。自分一人で仕事をして、一人の客の服を作る。高橋の服ができる。鶴崎の服ができる。そして鶴崎の妻の服ができ、合間に緑の身にまとう物も作ってやることができる。

それで何の不足があるだろう。

カタ、カタ、カタと克美の頭の中でミシンが鳴る……。

人の列がようやく動き始めた。

いよいよ溶鉱炉を見るのである。

粉雪の中を人々の長い列が行く。

克美は両手にヒナ子と緑の手を取って歩いた。こうなると忍耐の二文字しか克美を支えるものはない。元来、柔弱な男だから寒さに弱い。

東田の高炉群の黒々とした影が、白い雪景色の中に墨絵のように現れた。太いパイプがうねうねと巻き付いた、高い鉄塔という感じだ。よそ者の克美にはこれが炉といっても、どこで火を焚いているのかさっぱりわからない。

いかにも無骨なこの鉄塔の中で、今まさに大きな火が燃えているはずだが、その気配がうかがえないのだ。火の気のない不思議な高炉を取り巻いて、見学者の行列はどんどん膨らんでいく。

「炉はこの中のどこにあるとね」

克美は毎年見学に来るヒナ子に聞いてみた。

「あの階段の上から、天辺まで、ぜーんぶが炉たい」

小学二年生は小さい手を伸ばして教える。

「火は見えんとね?」

克美は間の抜けたことを聞いた。高炉の中では千数百度の鉄がどろどろに煮溶けているのである。

ふつう世間では汽車のレールや鉄橋などを「鉄」と呼ぶが、正しくは鉄を精錬した「鋼《はがね》」である。その「鋼」になる前が「鉄」であって、その鉄を作り出すのが高炉だ。

まず鉄のもとは鉄鉱石である。その鉄鉱石とコークスを高炉の天辺から投じ入れ、炉の下の羽口から千数百度の熱風を吹き込むと、コークスが燃焼して鉄鉱石から溶けた鉄分が、高炉の底に滝のように流れ落ちて溜まっていく。灼熱の高炉の内部が外から見学者の眼に見えるはずはない。溶けた鉄を「湯」という。湯の温度は千五百度にも達する。そのために高炉の内側は耐火レンガを貼り重ねて防備し、外側は分厚い鋼板で覆っている。

案内の腕章を付けた係員がいるが、見物人が多すぎてメガホンの解説の声が透らない。もっとも人々は解説はどうでもよかった。普段は絶対に入ることのできない製鐵所の門を潜っただけでもう充分満足である。これで田舎に帰ってみんなにしゃべれるというものだ。

行列はぞろぞろと進み出した。高炉の底にあたる階段の下には貨物列車が停まっている。どろどろの鉄の湯を積み込んで運ぶ鍋台車というものだ。人の流れはその貨物列車の鉄路に沿って動いていく。

高炉で作られたばかりの鉄は冷めると脆く、強く叩いただけで割れてしまう。延ばしたり曲げたり加工ができない。それを製鋼工場の転炉に送って、不純物を取り出し粘りのある鋼にする。しかし転炉は大天井に吊るされた火の大鍋が、炎を吹き上げながら動いているような所なので、ここの見学は飛ばして、克美たちは次の圧延《あつえん》工場を覗くことになった。

克美は燃える鉄の火を見た。

細長い工場は暗かった。足下は土間だ。長大なレールが敷かれている。みんな、しんとして横並びにレールを見守っている。カタリ、カタリ、カタリとレールが音を立てて振動し始める。工場から工場へ、工程を経るたびに鉄は姿を変えながら、送られてくるのである。

暗い彼方に小さな戸口があり、外光が射し込んでいた。克美たちはその一点の光を固唾《かたず》を呑んで見守っている。するとレールのカタリ、カタリ、がやがて大きく太く高くなってきて、ゴトリ、ゴトリという音に変わる。レールの振動が沸くようになってくる。

「来た、来た、来た、来た!」

と人々が言った。

係員が後ろへ下がるようにメガホンで指示する。

「あ!」

とヒナ子が大きな声を上げた。

ぼっ! 親指と人差し指で作った輪ほどの赤い火の玉が、外から入ってきた。

小さい火だ。

赤ではない。オレンジ色。いや、もっと白熱している。鉄の湯は運ばれる間に温度はやや下がって、千度くらいになっている。しかし炎の千度ではなくて、燃える鉄の正味というか、みっちりと詰まった千度の熱だ。工場の暗がりに小さな太陽が生まれたように赫々《かつかく》と輝いた。

ゴトリ、ゴトリとレールの音が一段と大きくなる。小さな太陽と見えた火の玉は、近づくと、炎を揺らめかせながらスルスルと伸びて、長い鉄の帯になったこの灼熱の帯から汽車の線路などができるのである。

克美は何だか口元が緩んだ。

大名行列の様を思い浮かべたのである。時代小説で大名行列が行くとき、街道の宿場々々に先触れが何日も前から告げてまわるのだと読んだことがある。本隊がまだ影も形も見えないうちからだ。そして人々を散々待たせた後、大名行列が、

「下にい下にい」

と勿体ぶって現れてくる。

鉄の帯はまばゆい金色味を帯びて、人がゆっくりと歩くほどのスピードで滑ってきた。火がだんだん近づいてくると、顔や体がカッと炙られるように熱くなり、みんなどんどん後ろの壁際に後退した。やがて、そこにもいられなくなると係員の誘導で、壁伝いに鉄の階段を上がって二階へ逃れた。それでも眼がくらむほど熱い。

細い、たった一本の鉄の帯だが、それが克美たちの立つ二階のデッキの真下まで来ると、炎熱のため顔がカッと火照《ほて》った。千度の熱がぎゅうぎゅう詰めに、犇《ひしめ》いて詰め込まれている。

燃える鉄の帯と、見ている人間たちとの綱引きだ。エネルギーの綱引きだ。双方がキリキリと綱を引き合っている。けれど圧倒的な力の差で、克美たちは引っ張られていた。暗い工場の建屋ごと、燃える鉄の火の帯に引きずられ、引き込まれて、もう人間は肝を鷲摑みされるようで、建屋はめりめりと凹《へこ》み始めていくようだった。

隣の男の声が聞こえた。

「うちの爺さんの時代はな、あの真っ赤に燃える軌条《きじょう》のそばでな、安全靴のない時代じゃけ、爪

先に覆いを掛けた高下駄ば履いて、大きな金のヤットコば持って、それでレールを挟んで切り替えたとたい」

「そりゃまったく鬼の鍛冶場の仕事じゃな」

「裸にふんどしで前垂れ姿じゃったという。爺さんが八十歳で死んだときはな、火花の飛んだ古い火傷の痕《あと》が、満天の星のように五体に飛んでいた。もうみんなで思わず爺さんに合掌したんじゃ」

こういう神もいるのである……。

二階のデッキは人でいっぱいになった。後から上がってくる者が押すのである。危ない。克美はヒナ子と緑の手をしっかり摑んで、階段を降りて外へ出た。

「あっちにも、もう一つ圧延工場があるよ」

とヒナ子が教える。人の列がそっちへも分かれて進んでいる。克美はヒナ子に引かれて、また歩き出した。

緑がマフラーの襟首を立てながら克美に言った。

「お父さん、最初にね、鉄の赤い火がカタカタと入ってきたとき、あたし、旧約聖書の、初めに光ありき、ていう言葉を思い出したの」

瀬高家は代々浄土真宗だったが、緑は明治学園に通い出してから言うことが少し変わってきた。

「夜も昼もまだ生まれてない闇の中に、神が、光あれ、て言ったら光が生まれたって」

「へえ、凄いんじゃねえ」

と克美は応じた。光がなければ世界は闇である。そんな真っ暗な中に神だけが初めから存在していたというのは、克美などからみると奇妙な世界だ。

「でもあのとき」

と緑は宙をみて言う。

「工場のレールがカタリ、カタリ鳴り出して、ずうーっと待っていて、やっとあの鉄の火が見えたとき、あたし、ぶわーって涙が出てきた。自分でも吃驚した。えっ、あたし、何で涙が出るのって。でも勝手にぽろぽろ吹き出てきた」

「あたしも、涙、出たよ！」

とヒナ子が割り込んだ。

「あのね、あのね、あたしの隣の、よそのおにいさんも眼ば拭《ふ》いとったよ！」

そう言われると、確かにあのとき、克美自身もなぜかわけもなく眼頭《めがしら》が潤んだ。鉄の火はどうして人を泣かせるのか。火が千度にもなると、ただの火を超えて何か特別の火になるのだろうか、と克美は思う。

次の工場の前に来た。

人々が高い建物の外階段を上がっていく。

三階の戸口から工場の中に入ると、そこもやはり壁に長いデッキが渡っていた。見下ろすと遥か一階の土間に、ここにも紅蓮の火の帯が流れている。ただこっちは幅が広く、帯というより火の川だ。それも何本もの川が横並びに轟々と音を立てて、向こうの鉄の柱の中へ巻き込まれていくのである。

さっきの工場より一段とスケールが大きい。炎熱は克美たちのいる三階までぼうぼうと照り映えた。

燃える川は工場の向こうの端まで行くと、水を掛けられてシャーッと物凄い音を立てて水蒸気を噴き上げる。それからまたこっちへ戻ってくると、再び水を掛けられて水蒸気を噴き上げる。燃える鉄の色は金と赤と白がせめぎ合うように混じり、この世のものとは思えないほど美しかった。工場の薄暗がりに、金糸銀糸で綯《な》った緋の織物が行きつ戻りつ、音を立てて織られていくようだった。巨大な自動織機である。美しい布はめらめらと湯気をまとわせて、とろりとして、しなやかで、迸《ほとばし》る血の川のようでもある。

克美は、自分のような男でもこんな所で働いていれば、女との不断の情欲に悩まされることがないような気がした。何かはわからないが克美を満たすものがここにはあった。

圧延工場を出ると雪はやんでいた。

溶鉱炉がずらりと陽に映えて聳えている。その高さは百メートル以上は優にある。高いだけにより一層、溶鉱炉は何といっても製鐵所のシンボルだった。その高炉を取り巻くようにして、工場見学の人の波はまだ続々とつながっていた。

八幡製鐵所の門を出ると、電停に起業祭の花電車がやってきた。ヒナ子と緑が乗りたいというので、克美は二人を連れて満員の車内に何とか乗り込んだ。

車窓から製鐵所の西門が見えた。あそこで天皇が立って手を振ったのだと、克美はぼんやりと眺めた。その背後には黒煙を噴き上げる煙突が林のように並んでいる。今見てきた製鐵所の鉄の火が夢のようだった。右手と左手につないだヒナ子と緑のことも、夢である。

思い出すまいとする小糸親方の顔が、ここへきてやはり浮かんできた。あの親方の身を滅ぼした火の玉が、光を弱らせてここへ落ちてきたのではないかと思う。

あのピカの莫大な火の玉の向こうに、アメリカがあり、そのアメリカのそばに人間になった天皇がぽつんと立って、手を振っている。

実際、天皇という人も孤独だったろうと克美は思う。軍服の勲章を外して白馬から下りると、ろくに警護の人間もいなくて、大阪巡幸では群衆にもみくちゃにされ、チョッキのボタンは取れ、靴は踏まれて泥だらけだったというではないか。

小糸親方の存在そのものが消えてしまうと、行く手を遮るものはもうなくなり、克美はどんどん情欲の深みにはまっていく。しかしそれもすべてミツ江と手に手を取って店を出た、あの駆け落ちの夜から始まっていたのだ。そうして克美は今、製鐵所のある町に移り住んでいる。

明くる日は朝から冬晴れで風もなかった。

起業祭の二日目だ。小中学校は半ドンで、昼からヒナ子がまた克美の家にやってきた。

「おいさんは仕事があるから、もう起業祭には行かんよ」

克美が裁ち鋏を使いながら言うと、

「今日はおいさんには用事はなかもーん。あたし、緑ちゃんとジョンの散歩に行くとやもーん」

ヒナ子は勝手なもので唇を突き出して答える。その声を聞きつけて、便所の裏のジョンが太い声で吠えだした。ヒナ子。早よ、こっち来い。早よ、外ば行こう！

ジョンはそう言っているのだが、まだ子犬のくせにシェパードの血は争えず、声だけはオスの成犬みたいに腹から出す。外を通る犬に吠えるときと、ヒナ子に何か言うときだけ、その太い声になる。そして克美やミツ江や緑には、キャンキャンと甘えた子犬の鳴き声を出した。

ジョンの吠え声を聞いて、緑も二階から降りてきた。

「そんならヒナ子ちゃんとちょっと行ってきます」

店を出るとき、緑が克美に声をかけると、

「緑！　車に気を付けんさいよ。もしもヒナ子ちゃんが轢《ひ》かれるときは、あんたが飛び込んで代わりに死にんさいよ！」

と、眼鏡の顔を上げて、克美はいつもそんなつまらないことを言う。

「はーい。お父さん、了解です」

と緑は笑って出ていく。

ヒナ子を助けて緑に死ねと言うのは、貴田や江藤の家に対する克美の嫌味なのだ。そんなことをヒナ子がわざわざ貴田の祖父母に言いつけるわけはないので、言ってもつまらないだけである。「嫌言《いやごと》言いの克美さん」と、ときどきサトは怒っていた。緑の方も毎度、代わりに死ね、と言われるのは気持ちの良いことではないだろうが、そこは緑という娘の性質の良さで、にこにこして気にしている様子はない。

「子どもだちの出がけに、縁起の悪かこと言わんといて！」

珍しく家にいたミツ江に克美は叱り飛ばされた。

緑がジョンの革紐を取って、二人と一匹は桃園球場に入っていく。八幡市がもっている球場の一つだが、いつも木製の戸口が開いていて管理はいい加減である。

中に入ると緑がジョンを放す。ボールを投げて取りに行かせる。緑が投げると走って行ってくわえて戻ってくる。ヒナ子が投げると座り込んで、首の毛を掻いたりする。ヒナ子は仕方なく褒美のパンをちぎって与える。ジョンは勇んでボールを取りに行った。

ヒナ子は手に握ったパンがなくなるまでジョンを走らせる。それからジョンを引いてスタンドで見ている緑の所へ行って座る。

「はい。カリントウあげる」

今度はヒナ子が緑からおやつを貰った。

「起業祭のサーカス、あたし行きたかったわ。まだ一遍も行ったことがないもん」

と緑が言う。八幡はやはり都会なのだ。製鐵所の城下町だけあって、汽車も電車も見られるし、サーカスも来る。映画で見るサーカス小屋や、呼び込みに流れる物悲しい音楽に緑は心が惹かれるのだ。

「でも親のない子はサーカスに連れて行かれるっていうから、あたしは怖か。行きとうないもん」

ヒナ子が言うと、緑は眼をくりくりさせて喜んだ。

「まあ。あたしだったら、連れて行ってほしいわ！　旅から旅へ日本中、旅するのよ。ライオンや虎や象や猿とか、みんなで旅するのよ。ああ。あたしは連れて行かれたいなあ」

ヒナ子は吃驚した。もしも自分がサーカスに攫《さら》われて、もう家に帰れないとわかったら、泣いて、泣いて、泣いて、泣いて、泣き倒れてしまうだろうと思う。

ジョンはパンを食べて運動もしたので、二人の足元で寝てしまった。昨日と打って変わって、暖かい陽がさんさんと射す。今日の工場見学は一層賑わっているだろう。

「あのね、あたしね」

とカリントウをポリポリ囓《かじ》りながらヒナ子が言う。

「起業祭で溶鉱炉の順番待っとるとき、お爺さんだちが言うてたやろ？　西門に天皇陛下が来たちゅうて」

「ああ、ほうやったわね。吃驚したわ」

「あたしね、そんとき西門の前におったんよ」

ヒナ子は打ち明けるような声で言った。

「ふうん、誰かに連れて行ってもろうたの？」

「うん。誰かにおんぶされて行ったような気がする」

二年前だからヒナ子は四歳だった。

「はっきり覚えてる？」

「あんまり覚えてなかったけど。あのときお爺さんだちの話を聞いていたら、思い出してきた……」

「そんならヒナ子ちゃん。天皇陛下のお顔も見たのね」

それが、とヒナ子はしょぼくれて首を横に振る。

「天皇陛下のことは何も覚えとらんのよ」

まあ。緑はがっかりした顔になった。ヒナ子もそれが自分で忌々《いまいま》しいのだ。あれからずっと天皇の顔や姿というものを思い出そうとするけれど、頭の中にはそれらしい影は映らない。

「見たようでもあるし」

とヒナ子はこまちゃくれた口調になる。

「見なかったような気もするんよ」

「おばあさんに連れて行ってもろたんじゃない?」

「ううん。おばあちゃんは行ってないって」

「そんならおじいさんは」

「行ってないって」

江藤の下宿屋のおいさんは、子どもにかまうことはない。おばさんは病気で寝ている。ヒナ子の母親の百合子はミシンの賃仕事に追われている。それならやっぱり西門には行ってないではないかというと、ヒナ子はそれでも行った気がするのだ。

「人がいっぱい集まっていてね、中に傘を差しとる人が混じっとったような気がすると。黒っぽい傘よ」

「こうもり傘?」

「こうもり傘と、ふつうの番傘が半分ずつくらい」

それで肝心の天皇の姿をどうして覚えていないのだろう。緑は不思議でならない。風景の中の、その真ん中が映っていないのだ。しかしその光景が天皇が来たときのものだと、どうしてヒナ子にわかるのか。

「だって天皇陛下じゃなかったら、覚えとるはずがないもん。天皇陛下が来たから、ちょっとでも覚えとったんやと、あたしは思うよ」

ヒナ子の話を聞いていると、緑の頭の中でだんだん姿のない天皇の存在感が増してくるのだった。四歳の子どもの眼には、群衆の中の天皇は小さすぎて見えなかった。でも見えなくても、ヒナ子の中に天皇の存在は何だか光り輝いていたのではないだろうか。小雨模様の昭和二十四年のあの日。

天皇はまるで夏空の雲。

それとも夕立ち前の遠い雷か。

それは何だか、在るものではあるが、形の定まらない光の点のようなもの……。

緑は胸がざわりと鳴った。

似ている。緑の脳裡にしまわれているあることと、ヒナ子のそれは正反対の意味で何だか似ている気がした。

昭和二十年八月六日。緑はその日の朝、母親の生家に泊まっていて祖母と畑でキュウリをもいでいたとき、広島に落ちた原子爆弾のキノコ雲を見た。母の田舎は爆心地から北東に三十キロほど離れた竹仁《たけに》で山間の里だった。その頃もう母親は病気になって家で臥せっていたので、夏は弟と毎年ここへ遊びに来ていたのだ。

畑に立っていると、背中の方で空が光った。もいだキュウリを籠に入れて振り向くと、白や濃い褐色や不気味な色のついた雲が、真っ直ぐに空へ立ち昇っていた。その雲は今まで見たことのない形をしていたので、緑はすぐただの雲でないと気がついた。音が響いたかどうかは覚えてない。記憶が抜け落ちている。

キノコ雲が昇る空はとてつもなく高さを増していった。それと反対に地上の山々は低く這いつくばって、地面はそれよりもっとみすぼらしかった。キノコ雲はまるで天の高さを測るかのように、真っ直ぐ上がっていく。

雲はどろどろに汚れて、腐った野菜みたいだった。

空もみるみる汚れていく。

キノコ雲を見たときの空の激しい出来事だけ、緑の頭に残っていた。どういうわけか、その前後の出来事は数日間、掻き落としたように消えていた。朝の畑で祖母が何か言ったはずだが覚えていない。何にもなくて、どろどろのおぞましいキノコ雲だけが占領していた。畑で取り残した腐った野菜みたいに。

広島のあの雲と同じような、人間の造った恐ろしい雲が、広島のよりもっと激しいプルトニュウムの原子雲が、北九州の街を襲いかけて果たせなかった。ちょうどヒナ子とジョンが座っている真向かいの帆柱山の裏手から、原子爆弾を搭載した爆撃機は飛んできたのだ。そして視界不良で投下を諦めて、不運の街の長崎へ機首を向けた。

あたしは広島のピカの雲を見たわ。

緑はヒナ子に打ち明けてみたくなる。天皇陛下を見た者と、キノコ雲を見た者が一緒にベンチに座ると、もうどっちもどっちである。ただ、もう、ぼうーっとなる。だが、ぜーんぶ終わってしまった後の、冬の落日の射す空が広がっているだけだ。

四

下宿業の江藤辰蔵は、裏口で金貸しもやっている。表と裏で二つの商売をしているのだから、羽振りをきかしているかというと、そうではない。辰蔵の生活をつぶさに観察すると、彼の性格の顕著な特徴は、吝嗇《りんしょく》ということに尽きるのだった。

大きな坊主頭の男が、着流しに綿入れのチャンチャンコ姿で、婦人物の買物袋を二つ、両手に提げて、毎日、夕方には祇園町商店街の坂を上がって買物に行く。

この時間帯は魚の値が安くなるからだ。

江藤家の下宿人は製鐵所で働く職工たちで、常時、五、六人が入っている。若い労働者はよく食べる。それで辰蔵は安価な肉の切り出しやイワシ、サバなどその日の売れ残りの魚を市場で買い込んだ。料理もむろん辰蔵自身がやる。若い職工たちには美味いも不味いもなかった。

職工たちの待遇は労働下宿に毛の生えたようなものだが、製鐵所の西門に近いのと、意外と家庭的であるのとでなかなか具合が良かったのだ。

台所の流しで辰蔵は魚のはらわたを出し、凹んだアルマイトの古鍋でぐつぐつと真っ黒な醬油色に煮る。鍋の中は日にちの経った魚の、濁った目が丸く開いている。まな板の上にはぐったり萎《しな》びて、色の変わりかけた野菜と、あと脂身ばかりの屑肉がある。

機械油に汚れた作業着は、頼まれれば辰蔵が井戸端で洗う。洗濯板の上に黒く油の染みた作業着を載せて、レンガのような硬い巨大な石鹼をこすりつける。ろくな洗濯石鹼もない時代だから、これで落ちなかったら文句はなしである。洗濯代金はしっかりと取る。

毎日、辰蔵は下宿人と同じ鍋釜の飯を食べた。自分だけ特別の酒の肴《さかな》を添えているわけでもない。五十をだいぶ過ぎた男が黙々と、安酒のアテに骨だらけの魚の身をつつき、くたくたに煮えた白菜鍋の汁を吸う。吝嗇というのは別段、悪いことではない。ただみみっちくて、多少見苦しいだけである。

しかし辰蔵も金貸し業だから、ときどき阿漕《あこぎ》なことをやらないではない。貸したカネの返済期日が来ると取りにいく。辰蔵の所では、借りた者が自分からカネを返しにくることはまずない。それで彼は貸し金の督促に行ってもカネが払えない相手からは、借金のカタにモノを預かって帰ってくることがある。

たいしたモノがないときは、その家の犬だったりもする。そんな場合は雑種なんかではなくて、血統書付きの高価な猟犬だ。一度、おカネの代わりにオスのポインターを引いて帰ったが、果たして生きものをカタに取って、辰蔵が得することがあるだろうか。

犬は番犬の仕事をする。役に立つ動物ではあるが、しかし猟犬にいつ来るかわからない泥棒撃退の役を当て、毎日、人間より栄養のあるエサを与えねばならない。その上、下宿人の職工に頼んで散歩もさせねばならない。

生きものは犬だけでなく、外国の猫や、美しい緑の羽根をしたオウムのときもあった。オウムは片言で毎朝、同じ歌を歌った。

アナタト　二人デ　来タ丘ワアーー
港ガ　見エル丘アーー

『港が見える丘』という歌謡曲のひとくさりだが、辰蔵には外国から運ばれてきた鳥の、望郷の歌のようにも聞こえて、柄にもなく哀れを催した。シャム猫に、人語を手繰《たぐ》る南洋の鳥。借金をするような人間に限って、高価な珍しい生きものをペットにする。

そんなものより借りたカネの返済をしろ。

辰蔵は歯がみする。飯を食って、普通に暮らして、子どもを育てるだけなら、辰蔵みたいな高利貸しに借金するような羽目に陥ることはまずない。賭博《とばく》、女、分を超えた贅沢、とカネを自らふるい落とすようなことをするからだ。そんな人間は返済も難しいに決まっている。

オウムの飼主は自宅を売り払った。あの美しい鳥は今どこで『港が見える丘』を歌っているだろう。

しかし借金のカタは動物ばかりとは限らない。

ある日、辰蔵は十歳くらいの女の子を連れて戻ってきた。赤いランドセルを背負って、風呂敷包みを一つ提げていた。

妻のトミ江はその日も長患いの床に就いていたが、眼を吊り上げて起き上がった。トミ江は心臓と腎臓を患っており、病気で薄くなった頭には当時高価なかつらをかぶり、口紅を差して寝ているのだった。

「まさか、その子は、カネのカタじゃあるまいね」

と女の子を顎《あご》でしゃくったトミ江の手には、小粒のダイヤをちりばめた金の指輪がはまっている。

「娘を置いて逃げたりはせんと言うてな、むりやり押し付けられたんだ。まあ、女の子だから大飯を食うわけでないし、しばらく家に置くしかなかろう」

辰蔵は具合が悪そうに言う。女の子は細い杖みたいに辰蔵のそばに突っ立っていた。

「名前はなんちゅうの」

「タマエ……」

「齢は」

「十歳」

トミ江は口をつぐんだ。人間の子は掃除や茶碗洗い、買物など手伝いをして、秋田犬より役に立つだろう。しかし今夜から布団もいるのだ。食べさせて、着る物を着せて、その上、学校にも通わせねばならない。

下宿人は住まわせて下宿代を取るが、女の子は辰蔵がただで養育する。これは慈善というものではないか。

借金の返済期限はとうに過ぎていた。いつ返せるかわからない。その間ずっと預かり続けることになる。

「冗談じゃなか。あんた、今すぐ、この子ば返して来《こ》んね！」

トミ江は頭から布団を引っ被ってしまった。

辰蔵はとにかく娘をひと晩置いて、翌日にも戻しにいくつもりだったが、女の子がしくしく泣く姿を見ると、引きずって連れて行く気持ちが失せていった。親の所に帰れば幸せになるというものでもない気がした。

「ここにおるか」

と聞くと、タマエはうなずく。辰蔵は転校の手続きをして、古い勉強机もどこからか持ってきた。イチジクの老木が茂る陽の当たらない物置がタマエの部屋になった。

十一月末の霜の降りた夜更け。

辰蔵は病妻も下宿人もタマエも眠ってしまった家の中で、一人で焼酎をちびちびと惜しみながら舐めて、一日の下宿業の、……下宿業は相当の家事労働であって、その疲れを癒やすのだった。

製鐵所の起業祭が終わると、八幡の町は毎日のように雪が降り続く。昭和二十年代は寒かった。

地球がまだしんしんと冷えていた頃だ。

辰蔵の下宿屋には人がよくやってくる。

近所の誰彼となく集まりやすい場所なのだ。いったい辰蔵みたいな無趣味、無口、無愛想な主《あるじ》のいる家に、どうしてこんなに人が寄ってくるのかというと、規律がないからだ。つまりゆるいのである。

普通、人が集まる家とは、開放的で家人が明るく人付き合いが好きなものだが、江藤家はただ締まりがない。辰蔵もトミ江も陰気で疑り深く怒りっぽくて、二階の下宿人たちは昼間は製鐵所に出て留守か、または三交代で朝方に帰ってきて、日中は寝ている。

そんな家に誰がわざわざやってくるだろう。

「おはよーう」

と毎日、昼前には必ず買物籠を提げて現れるのが、瀬高のミツ江だった。克美が昼に食べる鮭弁当を居間のちゃぶ台に載せると、ミツ江は草履の裏をしどけなく引きずって商店街の坂を下りてくる。

寝ている姉に声をかけて奥へ行くと、薄暗い小座敷に座布団が敷かれて、その上に花札がばらまかれている。梅に鶯、桜に幕と、十点、二十点札の赤や緑が浮かび上がっている。そこにはミツ江の顔見知りの、花札仲間の男女が座布団を囲んでいた。

「朝から花札のごとする奴は、放蕩者《ほうとう》しかおらん」

長姉のサトは舌打ちするが、ミツ江に、体の調子の良いときはトミ江まで布団から出てきて、姉妹の放蕩者に、近所の放蕩者まで五、六人も顔を並べている。そうして夕方まで花札で遊び暮らすのだ。

風が吹くとゴミが吹き寄せられる。

江藤家の玄関はゴミが溜まりやすかった。それを近所から通ってくる下働きの女が、雑な手つきで箒《ほうき》で掃き寄せる。

しかし人間のゴミは放られている。辰蔵は彼らをかまわない。追い出しもしない代わりに、声もかけない。ゴミを取り除こうという気はしないようだ。だいたい清掃ということに無頓着な男だった。

ゴミには眼もくれず、職工の作業着を除く洗濯などは下働きの女に委《まか》せるが、炊事、食材の買い出しなどは着流し姿でする。誰から命じられたものでもなく、それは辰蔵が決めた自分の仕事だ。


そんなある夕方。

半日遊んだミツ江が買物籠を提げて帰った後。

肩まで真っ黒い髪の毛を垂らした、異様な旅の男が荷物を背負って江藤家にやってきた。不自然なほどふさふさした髪の毛は、油で固めたようにどぎつく光り、眉は黒い墨で描いてある。袴《はかま》の足にゲートルを巻いて地下足袋《じかたび》履きだ。片手に墨の痕も黒々とした幟《のぼり》を持っている。

「浪曲師　勝旭軒浪衛門　来る」

歩きながら宣伝を兼ねている。

「またお世話になりに来ましたったい」

浪衛門は辰蔵に挨拶した。毎年、どこからか旅の浪曲師が興行に来る。彼らは旅館や町の有力者の家を頼って渡り歩く。浪衛門もその一人で、辰蔵が下宿に泊まらせ興行の場をひと晩提供してやるのである。聴衆集めは暇を持て余している花札の連中を働かせる。

場所は辰蔵の家の座敷だから、聴衆は三、四十人も集まれば大入りだ。そんなことで、浪曲師は行く先々の収入で多少の実入りにはなるが、場所を貸す辰蔵の方は一日興行の取り分はわずかで、浪衛門に出してやる祝儀の酒代にも足りない。

それでも辰蔵は自分の晩酌の焼酎を浪衛門に出して、

「おい、今夜は浪衛門さんが一番風呂やど」

と風呂を沸かしにいくタマエに声をかけた。

タマエは大人しい娘だった。親はたまに反面教師になるものだ。

古い下駄屋の長男だったタマエの父は、趣味でもって喫茶店を開いた。下駄という履物がそろそろ靴やズックに押されはじめているときに、閑古鳥の鳴く喫茶店経営はたちまち下駄屋まで傾けてしまった。

金持ちの道楽息子夫婦が夜逃げした家には、先祖の仏壇も位牌が入ったまま残っていた。残された位牌とタマエを引き取ろうという親戚もあったが、タマエは動こうとしない。親戚の家より他人の辰蔵の家が、いっそさばさばしていいようだ。

ここでは誰もタマエのことを気にとめない。愛もないが、悪意もない人々の巣だ。

タマエは風呂焚きも習ってみるとすぐにできた。よく祖母のサトと貰い風呂に来るヒナ子が、鶏の骨みたいなちいちゃい手で器用に薪《まき》を斧《おの》で割ってみせたり、火の付け方を教えてくれた。風呂の水汲みだけは奥の花札遊びのおとなたちが、昼間にやっておいてくれる。

風呂の燃料は石炭ガラだ。普通の民家では薪を使うが、この辺りは鉄道の線路沿いなので、燃料店で買わなくても線路に拾いに行けばよかった。線路には無蓋貨車に山積みした石炭がこぼれ落ちて、ガラガラと転がっているのである。

それを近所の人々がバケツや袋を持って拾いにいく。欲と道連れの石炭拾いである。線路の中に入って腰を屈めてスコップでかき集める。熱中すると汽車が来ることを忘れてしまう。時間の経つのがわからなくなる。

何しろ辺りはただの燃料がざくざくある。石炭が光っている。機関車の運転手が気づいて警笛を死に物狂いで鳴らすが、拾っている人間は顔を上げない。時すでに遅し。汽車はすぐそこまで迫っている。

凄まじい轟音が聞こえないのだ。

これが鉄道線路、つまり汽車道の怪である。

サトがヒナ子に言うのだった。

「人はな、死ぬるときは、耳が塞がれるとぞ。そしたら汽車の音も、警笛も、轢かれて死ぬる者の耳には、何も入らん。汽車道の方に、体が引っ張られてしまう」

「ばあちゃん。えずか《怖い》あー」

ヒナ子は震え上がったものだ。

そんな話を貰い風呂に行って、石炭を釜にくべるタマエの横でヒナ子はしゃべる。

「いやー。ヒナ子ちゃん。えずかあー」

タマエも焚き口で悲鳴を上げたのだった。

風呂が沸いて、タマエが知らせにいく。

「ご苦労。ご苦労」

勝旭軒浪衛門が下帯一本のツルツルの裸でやってきた。タマエは父親の裸も見たことがないので、この家の暮らしぶりははつくづく珍しい。小屋の中でザンブリとお湯の音が響く。しばらくすると中から物凄い大音声が流れ始めた。

たびゆけばあああー

するがのくににいいいいー

ちゃのかあおおおりいいいいいー！

浪曲というのはつくづく不思議な音曲である。だみ声であるけれど、油を塗ったような伸びがある。父親のレコードで聴き慣れた男性のあのテノールより、もっとくねくねと曲がりくねって伸びるのだ。

そして声も浪衛門その人も蝦蟇《がまがえる》に似ていた。

タマエが焚き口に突っ立っていると、

「今晩わあー」

と台所の戸口が開いてヒナ子が顔を出した。サトと一緒に今夜も貰い風呂に来た。

町内では風呂のある家は少ない。ヒナ子とサトは洗面器にタオルと石鹸を入れて、ある晩は銭湯に、ある晩は江藤家に、またある晩はサトの御詠歌仲間の家に、と貰い風呂に行くのである。祖父の菊二は手拭い一本肩にかけて、悠々と銭湯へ行くけれど、ヒナ子は貰い風呂も好きである。

勝旭軒浪衛門が出た後は、辰蔵が入った。下宿人の職工たちは仕事帰りに製鐵所の大きな風呂に入ってくる。花札の放蕩者たちが居続けて、辰蔵の後から入ることもある。ご飯を食べて帰る者もいる。辰蔵は何も言わない。彼らが勝手にお櫃《ひつ》のフタを開けて茶碗に盛って食べるのだ。

どうせ真っ黒に醤油で煮しめた野菜や、切り出し肉である。黙って食べる方も、食べさせる方も平気だ。

サトとヒナ子は風呂の順番が後になる方が有り難い。台所の戸棚の上からラジオの音が流れてくる。それを聞きながらサトは妹のトミ江の体を揉んでやる。

「さいどばしてやろう」

とサトは言うが、その、さいど、の意味はヒナ子にはわからないが、済度、といって苦しんでいる人間を助けることをいうのである。按摩などとは少し違う。フッ、フッ、と息を吹きかけ、ぶつぶつ呪文みたいな言葉を唱えて体を撫でさするのだ。水を口に含んでブワーッと吹きかけることもある。一度ヒナ子は風邪をひいたときに、これをサトにやられて顔も寝間着もびしょ濡れになった。

以来、さいど、には近寄らない。今夜の、さいど、は水なしであるが、安心はできない。サトの巾着みたいな口からは唾《つば》が飛び散る。

トミ江は気持ちよさそうに布団の上に伸びている。

「おんころころころ。おんころころころ」

エイッ！

とサトが気合いを掛ける。

貰い風呂の晩は、さいど、をトミ江は楽しみに待っている。そのわりには一向にトミ江の病気は治る気配がない。おんころころが何の呪文か知らないが、ヒナ子はそっと長い舌を出して笑っている。小学二年の早生まれの六歳だ。もうそろそろ周囲の出来事を、ふっと覚めた顔で見ていることがある。

台所の隣は板の間で、ここにはいつも広い食卓が二つ並んでいた。壁際の台に大きなお櫃とおかずの鍋が二つ、漬け物鉢なども並んで、品数の少ない、つまりバイキング式の夕餉《ゆうげ》である。辰蔵と浪衛門が焼酎を飲みながら、明後日《あさって》の浪曲会の打ち合わせをしていた。

食卓にタマエとヒナ子が座らされて、半紙を細長くハサミで切る。それに浪衛門の「浪」の字の判子を捺《お》して、入場券を作る。明日、花札のメンバーがこの券を町内の人々に配ってまわるのだ。

辰蔵の本音をいうと、浪曲会は明日の晩にでもやってもらいたかった。明後日は返済期日の延びている家に、取り立てにいく予定である。場合によっては借金のカタに、今度こそ金目《かねめ》のものを分捕《ぶんど》って帰りたい、そういうことでカネの取り立てと、浪曲会と、気忙《きぜわ》しい日になるのである。

しかし旅廻りの芸人は一日も仕事を無駄にしたくはない。その厳しさもわかるのである。

いったいカネを借りた者は、返済日がくるとなぜ世にも理不尽な人間を見るように辰蔵を見るのか。かりにすべての返済金が戻らず辰蔵が自殺しても、彼らは自分のせいだとは思ったりしないのだろう。

しかし浪曲会を明日の晩にやるためには、四十枚の入場券をはかせる時間が半日しかない。それでは収益はおぼつかない。ふらりと風のようにやってくる芸人たち。辰蔵はせめて彼らが来る何日か前に知らせてくれたらと思う。風のように来て去っていくわりに、彼らはみんな貧しくてカネだけは欲しがる。

トミ江の、さいど、がすむと、サトとヒナ子の風呂に入る番がきた。ヒナ子はタマエと入ると言って聞かない。サトが先に一人で入り、後から子どもたちが入って遊ぶ声がした。その間に浪衛門が酔って部屋に引き揚げ、湯から上がったヒナ子も顔を火照らせてサトと家へ帰っていった。タマエは自分の小部屋に入った。

奥の部屋では妻のトミ江が、死人のような青ざめた顔で眠っている。長いこと辰蔵はトミ江の体に触れていない。それを淋しいとも感じなくなった。五十代の男の体でそれは不自然なことだが、慣れるとそれも常態となる。

賑やかだった家の中は、ふっつりと静かになった。辰蔵は湯飲みにまた焼酎を注ぎ、火鉢のヤカンの湯を足す。辰蔵の体のどこかに埋めても埋まらぬものがある。それだから辰蔵はどんどん酒が強くなっていく。

何かやり残したことがあるような。

流しの凹んだ鍋も、欠け皿や欠け茶碗も洗った。

煮染めた雑巾のような洗濯物も物干しから取り込んだ。

明日の米も二升研《と》いだ。

だがまだ何かあるような。

辰蔵は飲むうちに頭がしだいに覚めてきた。

そばの壁に辰蔵の影法師だけが濃くなっていく。


浪衛門の浪曲会の朝が明けた。

昼過ぎに辰蔵が二間続きの座敷を覗くと、浪衛門が演台に浪に千鳥の緞子《どんす》の卓布を掛けていた。その脇には辰蔵が丹精込めて育てた松の盆栽の大鉢が置かれる。背後の襖は幕を掛けて覆ってある。

「こんにちはー」

と今日もミツ江は出勤でもするように、江藤家に姿を現す。毎日、梅干し入りの握り飯と塩鮭をちゃぶ台に置けば、夫はカタカタとミシンを踏んで仕事をする。元手はそれだけで、瀬高克美の手はそこそこのおカネを生み出す。ミツ江は笑いが止まらない。

浪曲会でのミツ江の役は切符取りだ。入場券は町内にばらまかれた。今夜はその券を握って客が集まる。ミツ江は半券を回収し入場料を取る。

辰蔵はみんなの昼飯の豚汁と、下宿人のためのサバの味噌煮に切り干し大根の油炒めをこしらえると、自分の仕事をするために家を出た。借金の取り立てだ。

寒い午後だった。今日も着流しに綿入れのチャンチャンコを着て、草履をすってバス停まで歩いていく。そこから山手の町を循環するバスに乗る。八幡の町の寺は山手に点在する。洞海湾と製鐵所をはるかに見下ろす坂道で、辰蔵はバスを降りた。

小道を上ると山寺の庭に通じる。

「浄土真宗妙心山遠勝寺」の扁額が出ていた。

ずらりと赤い涎《よだれ》掛けの地蔵が庭の周囲を取り巻いている。信仰心のない辰蔵にはただ薄気味の悪い庭だった。古寺にはいつも人の気配がない。

「江藤の辰蔵じゃ。いるかね?」

ここの住職は一人暮らしだ。妻子は以前に愛想をつかして出ていった。檀家もめったに詣《まい》りに来ない。

「何じゃ。前田の債鬼か。鬼が自ら寺にやってくるとはたいしたもんじゃ」

勝手に奥に上がっていくと、一升瓶を据えた坊主の小杉雲円がうたた寝の炬燵《こたつ》から身を起こした。

「洒落《しゃれ》たことを言うな。これが寺か」

辰蔵はこの坊主の正体を知らずに、カネを貸したことをしんから後悔している。カタに持って帰る金目のものもない。かといってこんな坊主でも、脅したり殴ったりするのは罰《ばち》が当たりそうで手が出ない。

だがこいつこそ罰当たりの坊主である。辰蔵が制裁を加えることは、神仏の意に適うかもしれない。いや、きっとそうに違いない。返済期限を一年も引きずったままなのは、雲円が坊主だからだ。仏の顔も三度というではないか。

「カネはない」

雲円は威張って言う。ない者は強い。ある者はあるがゆえに弱い。子のある者は子ゆえに弱く、女のある者は女ゆえに弱い。それぞれ持てる者はそれを守るために手が塞がっている。

何を取ろう。

辰蔵は辺りを見回した。カネもない。物もない。屋内はガラガラだ。犬もいないし、まして女の子もいない。

線香の煙に煤けた寺の中にあるのは、真っ黒に燻《いぶ》されて正体もわからない阿弥陀如来像らしきものに、剝げた経机《きょうづくえ》。蠟燭立てに灯明台。木魚《もくぎょ》。鉦《かね》。色褪せた金襴《きんらん》の座布団。ふと辰蔵の眼に祭壇の脇に置かれた、一体の仏像が映った。阿弥陀如来像ほど古くはない。

ちょうど人間が座ったのと同じような等身大で、細身の優しい胴体をしていた。左手を辰蔵の方へ差し出し、右手を上げて人差し指と親指で丸い輪を作っている。辰蔵の眼にその仏像の手つきは、浅ましく映った。いやらしい思わせぶりなポーズに見える。

「カネがないなら、あるものを貰うていくど」

と辰蔵は言った。

「何でも持っていけ」

よし、と辰蔵はうなずくと、つかつかと部屋を出て外へいった。雲円はどうしたのかと首を伸ばして眺めている。辰蔵は来たときの坂道を下りていった。途中に「建築請負　熊崎工務店」の看板の出た建物があり、主人は辰蔵の家の普請をしたので懇意である。ダットサンのトラックを表に停めていた。

「ちょっと車ば出してくれんな」

主人に頼むとすぐ応じてくれた。仏像をカタに取って帰るのだ。これならいよいよになればカネに替えることもできる。

「返してほしかったら、カネば持ってこい。くそ坊主」

「その前に、汝《なんじ》に罰が当たるじゃろう」

「それは手前にくれてやる」

相互に口汚く罵《ののし》ると、仏像は熊崎と辰蔵の二人で抱えて車に運び込んだ。

「大丈夫かね。罰は当たらんかね」

熊崎が心配しながら運転する。

「あそこに置いとくよりましや。わしが毎朝、仏飯と水を上げてやる」

辰蔵の脳裡に青白くむくんだトミ江の顔が浮かんだ。持って帰って手を合わせてみるのも、悪くはない気がしたのだった。

山道を下りて町に出る頃には宵闇が降りていた。

家に帰り着くと、表には「浪曲師　勝旭軒浪衛門」の幟が白く闇に浮き出ている。表を通り越して裏口からそっと入った。熊崎と二人でよろよろと仏像を運んでいると、表の座敷の方から浪衛門の唸る「天保水滸伝」の一区切りが、

意地に強いがあー情けにゃあ弱いー。義理と情は涙が先にいー、されば天保十二年、抜けばあああ玉散る長脇差いいい。


と流れてきた。

辰蔵は台所の板張りを見回したが仏像の置き場所がなく、ひとまず飯櫃の台の隣に並べて据えた。寺から持ち出されて場所が変わっても、仏像は何食わぬ顔だ。最前からのこれ見よがしのポーズで、悠々と自分の瞑想にふけっている。

辰蔵は熊崎に礼を言って見送ると、それから浪衛門の声がする座敷の方へ様子を見にいった。廊下をまわって障子の間から覗いて、ギョッとした。客の姿が見えないのだ。座布団ばかりが寒々と並んでいる。どうした？　こんなことは初めてだった。

障子を開けると浪衛門の声が大きく響いた。

壁際にへばりついたように、見覚えのある顔が座っている。瀬高のミツ江に、貴田のサト。入場券配りをした花札の常連の男が三人。女が二人。タマエと病気のトミ江までつくねんと座って

いるところを見ると、かり出されたものだろう。

八畳と六畳の通し座敷に客の姿はチラホラしかない。隣家の八十を越えた年寄り夫婦。腰の曲がった老婆はうなだれて、どうやら居眠っていた。


障子の前にサトとヒナ子とタマエの頭が並んだ。戸を少し開けて、息をひそめて中を見ている。

江藤家の台所の板の間である。

晩ご飯を早々に食べ終えた下宿人たちは二階に逃げて、中では辰蔵が一人、今夜も焼酎の一升瓶をそばに引きつけて飲んでいた。その背後には例の仏像があった。仏像は酔っ払いのこの家の主を守るかのように、飯櫃の横に座っている。

浪衛門の浪曲会は散々だった。

辰蔵はそれがしこたまこたえている。当日が年末の町内会の総会だったことを、辰蔵もサトも役を持っているのについ忘れていた。一年間の役員の慰労も兼ねて、この日は寿司や酒も振る舞われ景品の付いたクジも出る。毎月の常会は欠席する者も、このときばかりは休む者がない。

浪衛門も町内の総会には勝てなかった。結局、辰蔵は浪衛門から宿泊代も取れず、収益を上げ損なった彼に少しばかり花代まで包んで帰す羽目になった。浪曲会のすんだ後の松の盆栽を片付け、晩酌をしながら辰蔵は算盤《そろばん》をはじいた。

貸し金のカタに取ったタマエ一人分の学費や身の回りの出費、トミ江の医者代、寝ながらに浪費される化粧品代その他、それから取り立ての難航した貸し金の何件か。しかしそれより辰蔵の最大の鬱屈のもとは、近頃、増え続ける自分の酒量、酒代だ。物事に妙に公平な男なので、自身の無駄な出費にも怒りを抑えられない。

腹が立つとまた酒を注ぐ。アルコールの友はアルコールである。酒は酒を呼ぶ。辰蔵はぶつぶつ口走る。サトにもヒナ子やタマエにも聞き取れない。ぶつぶつ口から出るのは、辰蔵の鬱屈の息である。

ふと辰蔵は背後に何か気配を感じて、ギョッとしたように振り返った。誰もいるわけがない。そこにいるのは冷たい真鍮《しんちゅう》の、中味は空洞の仏像だけだ。仏像は今夜も、右手の人差し指と親指を丸め、左手は辰蔵に何かを催促するように差し出している。

「何？　カネが欲しいとか？」

と辰蔵はもつれる口で言った。

「何？　違う？　嘘をつけ。いいや、嗤《わろ》うとる。このおれを嗤うとるやないか。その口。その眼。その顔が馬鹿な男やと、嗤うとるど！」

とうとう始まった。サトとヒナ子とタマエは障子の陰で顔を見合わせた。

「わしはおのれなど拝む気もないが、一応、仏ということで毎朝、小皿に飯も入れて、湯飲みに水も入れて与えている、それなのにその顔は何や」

仏像は答えない。

「犬でも一宿一飯の恩は忘れぬという。おのれは仏だからな、きちっと覚えておけ。奥に寝ているわしの妻。いいか。わしはあの病の妻を養い、下宿業を続け、朝は朝星《あさぼし》、夜は夜星《よぼし》と共に働いてきた。おのれにわしの高利貸し業を嗤うことはできんど！　わしは誰にも頼まん。カネは自分でつくる。しかし、おのれはどうだ？」

と仏像の鼻先に人差し指を突きつける。

「その手は何の真似だ！」

ゆらっと体がひと揺れし、

「わしにカネをくれというのか。高利貸しにカネをせびるとは、おのれはなんち浅ましい仏や。その根性を叩き直してやる！」

言いざまに辰蔵は一升瓶を摑んでふらっと立ち上がると、勢いよく振り上げた。瓶が逆さになって焼酎が電灯の下に泡立った。それから仏像めがけてゆっくり弧を描いて振り下ろされていった。いや本当は激しく叩き付けられたのだった。

それを見ていたサトやヒナ子たちの眼には、ちょうど辰蔵の頭上に電灯が吊るされていたので、その灯が一升瓶にキラキラ映えて、スローモーションのように見えた。

瓶がガシャーンと割れて、白い泡が飛び散り、ガラスの破片は氷の粒のように砕け散った。仏像はビクともせず、虹みたいな焼酎の水滴を浴びて光った。

「ぐうっ」

と突然、辰蔵が呻《うめ》いた。その口からどす黒い血のようなものがぼたぼた溢れ落ちて、辰蔵はドタリと昏倒した。


ミツ江が買物籠を提げて出ていくと、瀬高克美もミシンの前から立ち上がる。鶴崎の妻が待っていた。八幡の特飲街と呼ばれる一角に入り込めば、もはや二人を知る者はない。その辺りの店の表には昼もぼんやり赤や青の灯がともっていた。克美は鶴崎夫人を連れて、今は馴染みになった赤い灯の店に入っていく。

男が一人で店に入ると、奥から相手をする女が出てくる。男と女がカップルで入ると、布団が敷かれただけの部屋に案内される。ビールと突き出しが出て、それが部屋代の何倍も取る。

持ち込みは高くつくのだ。

鶴崎夫人は克美の最も好ましい種類の女性だった。克美が命ずれば何でもする。どんな要求も受け入れる。従順すぎて、まるで魂のない肉体のようだった。克美は女性の魂が苦手だった。そんなものは愛欲には邪魔である。魂をもたない女ほど純な存在はない。克美の肉欲だけに無心に奉仕する。

ミツ江は魂をもつ女だった。魂をもつからミツ江は欲が深くて、怒りっぽく、口答えをして、年中、家にいなくて、底意地が悪い。魂というものは自己愛が強く、傷つきやすく、扱いにくい。

女の魂はことにそうだ。

鶴崎夫人は魂が抜け落ちている。夫に抜かれたのか、初めからないのかはわからない。ただ冷たいみっちりと詰まった白い肉の人型だ。克美はその人型の手足を自在に動かす。鶴崎夫人の体はどんなふうにでも変形する。息が詰まるような二時間ほどを過ごして、二人は服を着る。

「さようなら。また今度」

と克美が夫人のうなじに唇を付ける。

「ご機嫌よう」

夫人が恥じらいながら言う。克美はその極上の酒のような甘い言葉を喫して別れた。

家に帰り着いてもまだしばらく夫人に酔っていた。

ミツ江はまだ帰っていない。

克美は仕事場に入って裁ち台の前に立った。

壁際に服地を入れる小ダンスがある。克美の眼がふとそっちを向いて、釘付けになった。

小ダンスの上に人間の実物大ほどもある仏像が載っていたのだった。右手の指を輪にして、左手を克美の方へ差し出して、うっすらと人間のように笑っていた。克美は後ずさった。い、いつの間に、だ、誰がこんなものを持ち込んだ。

ミツ江か。

おのれ！

江藤辰蔵と同じように、克美も仏像の薄ら笑いにたちまちカッとなった。顔形も性格も似たところのまるでない男二人だが、こういうところだけは同じである。

「おのれはいったい何者だ。いつの間にかこの家に来て、おれの仕事場に主《あるじ》のように陣取って、それでそのおかしな顔は何だ！　そうか、おのれは嗤っているな。おれを嗤っているな。確かにおれは自分の欲望に征服された情けない男だ。しかし、もしおのれが本物の仏なら、おれを助けなくていいのか。人間を救うのが汝らの仕事ではないのか。この情けなしの、能なしの仏め！」

言いながら克美は怒りに脚がガクガクして、仏像の前に座り込んでしまった。

この仏像はミツ江が江藤家から誰かの車で運び込んだものに違いない。というのも、義兄の辰蔵が借金のカタに大きな仏像を分捕ってきたと、ミツ江が言っていたからだ。しかしどんな経緯で克美の家へ来ることになったかは不明である。

江藤家の人々には信仰心がまったくない。けれどミツ江は近頃、長姉の貴田サトの影響を受けて、どうしたわけか妙に信心に凝りだしていた。それでこんなものを借りてきたのだろうか、と克美は首をひねる。

だが仏像は飾り物とは違うのだ。

仕事場の真ん中に据えるものではない。

克美はだんだん怒りが萎《な》えてきて、初めて眼にするもののように、仏像をしげしげと眺めた。

疣《いぼ》のようなぐるぐる巻きの髪の毛を頭にびっしりと載せ、両眼は開いているような、瞑《つむ》っているような、半覚睡のあやふやな表情である。

ゆったりした襞の多い長着をまとい、心ここに在るような在らざるような、身もまたここに在るような在らざるような、奇妙な姿で座っている。

今し方、克美が鶴崎夫人と過ごした逢瀬の余韻を、仏像が霧のように吹き消していくようだった。鶴崎夫人は今や克美の想いのすべてである。

命ともいえる女。

彼女のことを考えながら克美は針を操り、鋏を動かす。その情念の夫人が今や、突然に現れたこの仏像の前で、無残に吹き散らされていく。

こんな気持ちの悪いものをここへ置いておけるか。

克美が立ち上がり、仏像を動かそうとしたとき、裏口の戸の開く音がした。肉の薄い足が鼻緒の緩んだ下駄を突っかけて、土間へ入ってくる気配がする。

「ただいまあ」

こないだまで克美の命だった女である。

「さっきは、お出かけやったわねえ」

買物籠を提げて台所に上がってきた。籠には正月用の蓮根や金時人参、黒豆など早めに買い込んできたものが入っている。正月までもう半月もない。

ミツ江は仕事場の方に首を伸ばすと、克美にじっとりした視線を注いだ。

「荒生田《あろうだ》の客に注文のスーツを納めてきた」

荒生田地区には八幡製鐵所の管理職の社員住宅がある。少しずつそこにも顧客が付いてき始めた。起業祭がおこなわれる中央町地区よりさらに路面電車で三つ先だ。

「それは女物のスーツじゃあるまいねえ」

「馬鹿言うな！」

克美は鋭い声を投げつけた。

「それよりこの仏像は何だ」

「江藤の姉さんのとこのよ」

「そんなことはわかっとる。それが何でこの家に来て、おれの仕事場に座っとるのか」

「辰蔵さんが血を吐いて入院したんよ。肝臓だっていうとる。この釈迦如来さんに焼酎の瓶を打ちつけて、罰が当たったとトミ江姉さんが言うとるの」

克美は仁王立ちした。

「おれが聞いとるのは、この仏像がなぜここに居座っとるかということだ！」

「トミ江姉さんが恐《えず》がっとるのよ」

「そんなこと知るか。返してこい」

「何でよ！」

ミツ江が仕事場へ胸をそびやかして入ってきた。何でよ、どうしてだい、と克美の弱いところを突いてくる。

「あたしはえずかことはないわ。お釈迦さんはこの家ば守りなさる。あんたの仕事場に祀ったら仕事も助けてくれなはるやろ。有り難いことや。それとも、あんた、お釈迦さんが怖かと？　えずうなることばしとるの？」

鶴崎夫人は仮に克美が、

「もうこれきり」

と別れ話を持ち出しても、たぶん少し涙ぐんで、

「それではご機嫌よう」

と微笑んでくれるだろう。夫人は性根のない弱い女性なのである。魂という文字には鬼が棲《す》んでいる。ミツ江はその魂をもっている。情も厚いが憎悪の念もひとしお強い女なのである。

二人がにらみ合っていると、裏口にまた戸の開く音がして、明治学園の制服姿の緑が帰ってきた。

「ただいま」

にらみ合った二人はほっと息を抜いた。取りあえずこの場は休戦となった。

その喧嘩は当然、明くる日に持ち越されるはずだったが、さいわいにも克美はいっとき虎口《ここう》を脱することができた。というのは晩ご飯がすんだ後、瀬高家の裏の戸を誰かが叩く音がしたのだ

った。

「あい、あい」

とミツ江が戸を開けると、冷えた夜風の中にサトが綿入れを着込んで立っていた。入院した江藤辰蔵の代わりに、しばらくミツ江が下宿人の賄《まかな》いをしてくれるよう、トミ江に頼まれて言いに来たのだった。

三交代勤務の職工の朝飯や弁当作りをするには、ミツ江は江藤家に泊まり込まねばならない。サトは近所にいるので、掃除、洗濯、トミ江の世話などはできるが、かかり切りにはなれない。しかしミツ江の所には中学生の緑がいるので、家事の大方は任せることができるのである。明日から学校も冬休みに入る。

正月がきても盆がきてもミツ江は何ということもない。ただ克美が気になるだけである。それで家を空けたくないのだが、次姉の窮状を放っておくわけにもいかなかった。

「それで辰蔵さんの退院はいつ頃になると？」

正月の用意もしなければならないから、とミツ江は正月を楯《たて》に取って困った顔をしてみせる。

「お医者の話じゃ、正月前には帰すと言うとらすたい。病院も正月は休みじゃけね」

といっても退院してすぐに働けるとは思えない。

「正月は勘弁してよね。あたしだって家があるから」

「わかっとる、わかっとる。だから年内だけでいいから手伝うてくれ」

ミツ江はしぶしぶ承諾した。

「そんなら姉さんは先に帰って。あたしは明日の米を研いで、糠味噌掻き混ぜてから、着替えの物など支度して行くことにする」

「あいあい。わしは先に去《いぬ》ることにしよう」

サトは立ち上がると、末の妹を見てフッと笑い、

「支度言うても、何も特別のことはいるまい。お前が克美さんと喧嘩して、家を出てくるときの、いつもの支度でかまわんじゃろうも」

そう言うと、また夜道を一人で帰っていった。

ミツ江は台所で米をシャキ、シャキと研ぎ、糠床に明日の漬け物にする大根と人参を漬ける。それから着替えを少しばかり風呂敷に包んだ。何しろ急なことである。

二階で勉強をしている緑を呼ぶと、取りあえず明日の朝の味噌汁の具の材料などを教え、身支度をした。

「そんなら行ってくるわ。あんた、お父さんをよう見といてなあ」

ミツ江が送りに出てきた緑に言う。

「はい。お母さん」

緑は屈託のない顔でうなずいた。

克美は裏から自転車を出してきた。風呂敷包みを抱いたミツ江が、克美の手を借りて荷台に横

座りする。それから風呂敷包みを手にしたまま、克美の背後から両手をまわしてしっかり摑まった。

　久しぶりに克美はミツ江の体の匂いを嗅《か》いだ。

「そんなら行くぞ」

「あい」

　とミツ江が答える。

　自転車が揺れながら走り出すと、ミツ江はひしと克美の腰に取り縋《すが》ってくる。辺りの家々の半分はもう灯が消えていた。夜道に克美の自転車だけが、ヒューヒューと乗り出していく。

　自転車の放つ一条の侘《わび》しい光が、右へ左へと揺れる行く手の舗装路を照らし出す。細いただ一筋の道だった。それがどこまでも延びていく。

　漕ぎながら克美は、かつてこんなふうに夜の闇を切り裂いて続く、どこへとも知れない細い道を辿ったことを思い出した。広島の親方の家を逃げた晩の夜道である。人目を避けて鉄道には出ず、山伝いに歩いた。

　懐中電灯などは持たず、提灯一つだった。

　自転車のライトが照らし出す灯の輪を見ていると、夜道があのときの山道とかぶってくる。長い長い夜道をミツ江とまだあのときのまま、克美は彷徨《さまよ》い続けているような気がする。

　不意にわけも知れず、ミツ江に激しい情欲が湧いた。克美自身にもわけがわからないまま、背後にかぶさってくる女がただ刻々と愛おしくなってくる。

自転車を停めて振り返り、女の顔をまじまじと見たなら、その熱い念はたちまち飛び去ってしまうだろう。しかし顔の見えない女の、自分をひしと摑んだ手は愛おしい。

その手をもつミツ江の体を抱き締めたかった。

克美は何度か、自転車を停めたい衝動に駆られた。

「早う帰れよ」

「あい」

ミツ江の声よりも、克美の腹にまわした手の方が応えている。前田の坂道を一気に下り、電車道を横断しさらに下っていく。

製鐵所の長い工場群の影が行く手に迫ってきた。

シャーッ！　と高い蒸気の噴出音が響き、工場の屋根の一角が赤く映える。寝静まった通りを曲がり、江藤家の暗い表に克美は自転車を停めた。

克美はミツ江が差し出す手を取って、自転車から降ろそうとしたとき、思わずぐいとその体を自分の片腕に抱き込んだ。ミツ江は風呂敷包みを握ったまま、黙って月の光に青白く射されていた。静かになったミツ江は昔の彼女に返ったようだった。

克美はその顎を取って上向かせ、彼女の口に自分の熱い舌を差し込んだ。ミツ江の手から風呂敷包みが地面の暗がりに転がり落ちた。

「おいさん。瀬高のおいさん、おらすとな（おられますか）？」

昼下がり。

克美が裁ち台の前に立っていると、店のガラス戸の向こうに人影が張り付くようにこちらを覗いていた。しばらく姿を見なかった李少年である。

「………」

李少年は嫌いではないが、彼の姿を認めたとたん、苦いものが克美の胸に湧いた。澄子からの言伝《ことづて》を預かってくる子だ。

克美が店の中から目顔で応じると、李少年はそろそろと戸を開けて入ってきた。

「また何か言伝を頼まれて来たんか」

澄子は手紙を書いて持たせることはしない。万一にも他人に読まれることがあってはならないからだ。李少年はこくりとうなずいて、

「おばさんが……」

とゆっくり大事なものを取り出すように口を開いた。

「明日の昼、家に来てほしい、と言うとります」

高橋がどこかへ出張でもするのだろう。澄子もミツ江に劣らず嫉妬深い女だが、高橋という旦那を離れては暮らせない身の上なので、妻よりは扱いやすい。

妻は怖れるものがないので、危ない。

澄子は逆に高橋を怖れている。

鶴崎夫人は鶴崎を怖れている。

そうして克美が最も怖れるのはミツ江のほかにない。

「わかった、とおばさんに言うてくれ」

「はい」

何にしてもミツ江が江藤家に泊まり込んでいるのだから、話は簡単だ。克美は話しながら首に毛糸の襟巻きを巻き付ける。これから前田の電停まで行って、荒生田の客の家まででき上がったコートを納めにいくのだ。

「おれも電停まで行きます」

と李少年が言う。

「どっちの方向へ行くか」

東に向かえば中央町から小倉、門司方面で、西は直方《のおがた》方面、つまり筑豊地区だ。

「直方」

「そんなら一緒に出よう」

納品を包んだ風呂敷を提げ、克美は李少年と店を出た。師走の商店街には歳末安売りの幟がはためいている。

李少年は寒風の中でも慣れているのか薄いジャンパー姿で、手に持った大きな紙袋がガサガサ音を立てた。中から襤褸《ぼろ》同然の上着のようなものが覗いている。

「そんなもん、どうするんか」

「向こうで着替えるとよ。父ちゃんが汚れるけ、持ってこいと言うたん」

父親のぶんも入っているという。

「炭坑の裏の山で喧嘩があってね、ダイナマイト破裂させて何人か死人が出たらしいて。そいでおれも父ちゃんと一緒に後片付けの仕事ば請《う》けたんよ」

ダイナマイト。

克美はちょっと口をつぐんだ。鉱山のある地方では喧嘩の道具にダイナマイトも加わる。ドスに鳶口《とびぐち》、スコップ、何でも殺傷行為のできるものなら武器になる。鉱山の管理といっても坑夫の仕事道具だから、ダイナマイト小屋に入れているだけで関係者なら持ち出せる。

坑夫の喧嘩といえば、かねて床下に隠していたダイナマイトを腹にキリキリと巻き付けて、

「火ィ点けるぞおーーー。汝ら、見ちょれ！」

などと息巻いて脅しをかける者もいる。背中の入れ墨と、ダイナマイトはもう最高の脅しとなる。そんならやってみろ、と追い詰められて本当に火を点ける羽目になり、ドーン！ と木っ端《こっぱ》微塵《みじん》になることもなくはない。

「お前みたいな子どもも手伝うんか」

「いいカネになるんよ」

どうやらこれが初めてではないようだ。慣れた感じがするのである。李少年の幼い口調と、その口から出る言葉の差に克美はじりっと胸が焼けた。

「なんしこ（何しろ）ドーンと破裂したら、そこらいっぱいに飛び散るやろ？　木も草も道も人間の肉の細切《こまぎ》れが降ってきて、襤褸切れみたいに引っ掛かっとる。それ回収して後始末するの、人手が幾らあっても足りんよ」

その仕事で李家は年越しをして、新年を迎えることができるのだろう。

それにしても、と克美はジャンパーの襟を立てながら思う。そのようにして自分の五体を爆破させて肉をまき散らす者もいれば、それを片付ける仕事をする者もいるのである。李少年の父親も背中に大きな蜘蛛の入れ墨をしているらしい。

心一つで、彼の父親だってどっちに傾くかしれない。

「いつじゃったか、父ちゃんが筑豊線の電車の掃除をやったけどね」

李少年の口から出る世間話は物騒だ。

「運転士が土手のとこを電車走らせとったら、土手の下から急にドーン！　って音がしたとたん、電車のガラス窓が真っ赤になったって。ちょうど下で、男がダイナマイト自殺したとこやったとよ」

いきなりパアーッと窓が血に染まったのだ。

「運転手は吃驚したやろなあ」

「電車の掃除てね、運転手と車掌が二人で組んでするんやて。別に掃除人はおらんそうよ。それでどろどろの電車を洗う仕事、父ちゃんと兄ちゃんが行ってきた」

絶望して死ぬとき人は後のことを考えないのだろうか、と克美は思う。鉄道自殺、飛び込み、首吊り。どれも後に迷惑をかけるが、ダイナマイトの比ではなさそうだ。

しかし人間、追い詰められて死ぬとき、刃物の恐怖より、ダイナマイトの一瞬の爆死に、ついふらふらっと傾くのかもしれない。

克美の眼に歳末の「出血大安売り」の真っ赤な幟の列が映った。ふとその間から、あっちでもドカーン！　こっちでもドカーン！　と煙が立ち昇る様が浮かんでくる。

戦後の炭坑景気や土建工事の躍進で、ダイナマイトは倉庫に山と積まれている。それがただで調達できるのも世相というものだろう。

電停が見えてきた。二人は行き先が反対方向だから、線路を跨《また》いで向かい合うことになる。

「そんなら、おばさんによろしゅう言うてくれ」

克美が言って、じゃあと手を上げかけたとき、李少年が足を止めて彼を見た。じっと見た。

「瀬高のおいさん。おれに、カネ少しくれんですか」

克美は突っ立った。何のことだかわからない。

李少年の口が少しゆるんだ。笑ったように見えた。

「おばさんの旦那にですね、こないだ捉《つか》まえられて、聞かれたとよ。お前、澄子にどこへ使いに行かされとるんや、て問い詰められた」

克美はカッと頭が熱くなった。

「何だと」

「おばさんは勘づかれ始めとるよ。だけど、おれ、買物頼まれとるだけやとシラを切った。町まで遠いけんね、おばさんに小遣い貰うて、頼まれとるて言うた」

この子ならそのくらいの機転はきくだろうと、克美は思った。しかし、澄子は切り抜けることができるだろうか。危ない。ひやりとした。

「おいさん。おれに少しカネくれんね」

これからダイナマイトの爆死現場の片付けに行くという少年が、右手をすっと克美の前に差し出している。克美は気迫のようなものに押された。しばらく黙っていた。それからズボンのポケットからのろのろと財布を取り出した。

百円与えれば図に乗ってまた要求するかもしれない。だが五十円なら少なすぎて取らないかもしれない。皆目、見当がつかないまま百円札を出した。

李少年は不本意らしく薄い眉をひそめたが、やがて無言で受け取ると、自分のポケットにしまった。

ちょうど克美の乗る電車がやってきた。

出血大安

五

ヒナ子は小学校が冬休みになった。

正月ももうすぐだ。

祖母のサトは正月の支度で忙しそうだった。白菜を漬けたり、押し入れを片付けたり、町内会の餅搗《つ》きの準備もしなければならない。各戸が注文するもち米や小豆、黄粉、砂糖などを帳面に付けて集金をする。

文字を知らないサトの記帳は、こんな具合だ。

田ナカ《中》　コメ三セウ《升》　アスキ《小豆》二ゴ《合》ハン《半》　サトー《砂糖》二キン《斤》
山ヲカ《岡》　コメ二セウ　アスキ一ゴ　キナコ一ゴハン　サトー一キンハン

これでもおカネの勘定を間違えたことは一度もなく、もう何年も婦人会や町内会の役を頼まれているのだった。

大晦日が近くなると雪がどっさり降り始めた。通りの木も屋根も道も何もかも真っ白に埋まっていく。

ヒナ子は雪だるまを作ったり、雪合戦をして遊んだが、外から帰ると家の中は妙にしんと静かだ。雪の日はどこも真っ白で、変に明るくて物音が響かない。

何だかお葬式の日に似ている。

近所の年寄りが亡くなって弔《とむら》いがあったとき、家の表は賑やかだが、奥へ行くとカラーンと音がして気味が悪かった。

一年の終わり。古い年のお葬式だ……。

するとヒナ子は昨日の昼のことを急に思い出した。サトがお使いを言い付けたのである。

「ヒナ子。醤油ば五合ばっかり、買うてきちょくれ」

おカネと買物袋を、ほれ、と差し出されて、

「いや！　行きとうないもん」

ヒナ子は言い返して炬燵に潜り込んだ。ここに入ると必ずとろんと眼がふさがってくる。

「どうしてな?」

「だって眠たいもん」

「ああ、そうな、そうな、ようし、わかった」

炬燵の外でサトの得心したような声がする。

「そんなら、ばあちゃんが雪の中ば、醤油を買いに行こう。そしてあたしゃ年寄りだけんな、風

邪ばひいて、熱ば出して、息が苦しゅうなって、それから死んでしまうやろ。ああ、けど仕方ないことや」

ヒナ子は炬燵の中で息をひそめて聴いている。

「ばあちゃんが行かねば、じいちゃんが行くじゃろう。そしたら、じいちゃんも風邪ばひいて、熱ば出して、息が苦しゅうなって、死んでしまうやろ。ああ、仕方ない。それでも醤油ば買いに、行かずばならん」

するとヒナ子の頭に、サトと菊二の眼を瞑った白い死顔が浮かんでくるのだった。ヒナ子は泣きながら炬燵から這い出た。

「あたしが行く。ううう……、ばあちゃん、死んだらいけん。ごめんなさい」

ヒナ子は涙を拭くと買物袋を提げて家を出た。

こんなに雪が降って寒い日が続くと、醤油を買いに行かなくても、本当にサトは死ぬかもしれない。歩きながらヒナ子は思った。菊二も死ぬかもしれない。年寄りの庇護者に育てられた子どもは、いつもこういう不安に怯《おび》えているのだった。

そういえば正月のお鏡餅は真っ白である。菊二が神棚や玄関の戸、井戸の釣瓶《つるべ》に半紙を切って下げるシデ（紙垂）もやっぱり白である。幽霊の着物と同じだ。縁起でもないが、ヒナ子は正月のことを考えると、年寄りの死を連想してしまう。

ヒナ子を買物に出した後、菊二がサトを叱りつけた。

「つまらんことば言うて、可哀想に、小さか子どもば泣かすな！」

サトは舌を出している。

ヒナ子はそんなことを知るよしもない。

「ヒナ子や。じいちゃんの焼酎ば買うてきちょくれ」

今日もサトが使いを頼むと、ヒナ子は買物袋とおカネを受け取ってしおしおと家を出る。

ばあちゃんが死にませんように。

じいちゃんが死にませんように。

綿のような雪が毎日降り続く。


十二月二十四日。

クリスマスがやってきた。先祖代々浄土真宗で、ときどき真言宗のお大師さん信仰もするヒナ子の家は、クリスマスもイヴも何の関係もないけれど、ヒナ子は朝から浮き浮きしていた。

サトも心なし落ち着かない顔で、いつもより早く買物に行って晩ご飯の支度に取りかかる。ご飯を食べたらすぐサトもヒナ子も江藤家に出かけるのだ。今夜は下宿人の職工たちも、仕事が終わった者は真っ直ぐ帰ってくる。

いったい家の仏壇にも手を合わせることのない江藤辰蔵が、どうしてクリスマスの夜に当時まだ珍しいクリスマス・ケーキを買ってくるようになったのか。いつもの年なら辰蔵は電車に乗って中央町の洋菓子店から、箱に入ったのを買ってくる。

蓋を開けると、卵とメリケン粉でこしらえたスポンジの台に、白い雪に見立てたバタークリームが塗ってある。バタークリームは薄いチョコレートみたいに固くて脆い。辰蔵が包丁でもってケーキ・カットすると、パラパラと白いクリームが砕け落ちる。

ヒナ子は小さい手の指でそれをつまんで、むしゃむしゃとネズミみたいな口で食べる。クリスマス・ケーキの雪は甘くて美味しい。辰蔵が買ってくるのは一個だけだ。大きいのを一個。それでも手に入れるのは大変らしい。二個なんて注文はできないのだ。

今年の暮れは辰蔵がいない。彼は仏像に一升瓶を打ちつけて昏倒して、そのまま病院に入ったきりである。ところがこれも病気で臥せっているトミ江が、今年もケーキを買おうと言い出して、手伝いに来ているミツ江が買いにやらされた。ミツ江はついでに酒屋で人の血のような色をした葡萄酒も買ってきた。

「よかよか。今晩は耶蘇《やそ》教でいこう」

病人が禿げ頭にかつらを載せて起き上がった。

辰蔵は病気が悪くて帰宅できないのではなかった。帰ると酒が飲みたくなる。江藤家の夜に酒は付きものだ。

夕方、サトがいつもより早く晩ご飯を作った。烏賊とジャガイモの煮付けと、大根と油揚げの炊いたのが、おかずである。サトとトミ江とミツ江の三姉妹はどういうわけか、そろって肉嫌いだ。それで菊二もヒナ子も肉のない食卓に慣れてしまっている。

烏賊と野菜だけの水っぽい食事の後のケーキは、想像するだけで唾が出る。菊二は奥で屏風に絵を描いていて、出てこない。ケーキより焼酎のほうがいいからだ。

ご飯がすんだ頃、表で男の子の声がした。

「ヒナ子ォ。まだ行かんとかァ」

「早よせんか」

隣の正夫と向かいの成雄の声である。

「ちょっと待って」

ヒナ子は茶碗と箸を置いて、手を合わせる。

「ごっそさま」

そう言って立ち上がったときだった。台所の土間のほうから、じめっとした低い声が聞こえてサトが振り返った。裏口の戸を開けて一人の顔色の悪い女が入ってきたのだ。製鐵所の南門の近くに住んでいる在日の金世淳《キムセジュン》さんの妻だ。背中に男の赤ん坊をくくりつけ、片方の手で女の子の手を取り、もう片手に黒い大きな犬の紐を握っている。

「ペスやん!」

ヒナ子の吃驚した声に、オスのジャーマン・シェパードはオオーン! と応えた。金さんは製鐵所の門の前で日雇いの労働者を束ねる手配師だ。自分で働かず人を働かせる仕事はたいていおカネになるので、羽振りが良い。シェパードは金持ち金さんのトレードマークだ。

「どげしたとね？　君子さん」

サトが立っていく。

「貴田のばあちゃん。あたしだちを今晩ここに泊めてください」

これはもうひと目でわかる家出だった。

ありゃァ。犬のペスまで一緒に出てきたかあ。

ヒナ子もサトの後ろから土間を覗く。金さんは羽振りは良いが、酒乱だった。酔うと何をするかわからないので、子どもと犬を守るため金さんの奥さんはヒナ子の家まで避難してくるのだ。近所同士の在日の家に逃げ込むと金さんが追ってきて、その家のガラス戸まで叩き割って暴れる。けれどさすがに日本人の家にまではやってこない。

「ヒナ子ォー。何しよる」

表からは待ちきれない成雄の声が急き立てる。サトは金さんの妻を台所に上がらせて、背中の赤ん坊をおろしてやった。それから彼女の晩ご飯の茶碗を出した。

「ヒナ子。清美ちゃんとペスば連れて、先に江藤へ行っておけ。ばあちゃんは後から行くでな」

ヒナ子はうなずくと女の子の手を取り、ペスの紐も摑んで裏口から家を出た。江藤家に連れて行くのに、犬のペスは利口だから正夫や成雄よりは扱いやすい。正夫に清美をおぶわせて、ペスを先頭にして江藤家へ急ぐ。

夕暮れの道に降り積んだ雪が青白く見えた。

「なんで犬まで連れていくんや。犬までケーキ貰うんやないやろな。犬はだめやど」

成雄は歩きながらいじましいことを言う。

「清ちゃんのお父さん、どうしとる?」

ヒナ子が正夫の背中で黙りこくっている清美に聞くと、

「アッパ、ねんね」

と答える。朝鮮語でアッパは父親のことをさす幼児語だ。正しくは父親はアボジ、母親はオモニというのである。この辺りは校区に在日の子どもたちがいるので、ヒナ子たち日本人の子も聞きなれている。

「オンマは?」

と清美は振り返る。

「お母さんは後から来るよ。すぐ来るから」

ヒナ子は清美が可哀想になる。頭を撫でてやる。柔らかい髪の毛だ。

妹が欲しいとヒナ子は思う。抱いたりおぶったりできる小さな、お人形みたいな女の子の体が一つ欲しい。弟妹がいないヒナ子は、手が空いているのである。その手が淋しいときがある。

金さんは自分の家の窓を何枚かぶち壊して、暴れ疲れて寝てしまったのだろう。後で眼が覚めて彼が一番にやらねばならないことは、窓の修繕である。正月を前にして雪や風の吹き込むこの季節、破れ窓では家族は一日も暮らせない。

ヒナ子は清美のおばあさんの白い顔を思い出した。ほっそりと痩せて静かな年寄りだった。髪をひっつめて後頭部で丸めて結い、袴のような襞のある朝鮮式のもんぺを穿いていた。爪先が舟みたいに反り上がった白い靴を履いて、その靴が汚れているところは見たことがない。

ヒナ子のばあちゃんはもうまるでヒヒみたいだが、清美のばあちゃん、ハルモニは細い月のような人であった。そしてこの年寄りは二年前に死んでしまったのだ。

誰かに教えられて、近所の友達と金さんの家に走っていくと、白い上っ張りを着た人の背中が窓から見えた。医者に違いない。布団が敷かれていたが、そこに寝ているはずの人は隠れて見えなかった。明くる日、金さんの家から銅鑼《どら》の音が一日激しく鳴り続けた。

在日の人たちの家で銅鑼が鳴るときは、病人が出て悪鬼《あっき》退散のお祈りをしているのだと、サトが言っていたものだ。金さんの家のハルモニは、毒を服《の》んで死んだのだった。銅鑼はどろどろどろどろと、悪鬼が吐き出す唸り声のように通りに流れた。

清美の母親もほっそりとして静かで、どこか死んだハルモニに似ていた。

ヒナ子たちが江藤家に着くと、クリスマス・ケーキはまだ紙の箱に入って台所に置いてあった。瀬高のミツ江が白いエプロン姿で洗い物をしていた。

「江藤のおいさんはおらんと？」

「おいさんはクリスマスも大晦日も正月も、家には帰らんそうや。家に帰ると焼酎が飲みとうなるんやて。それが恐ろしいけ、帰らんのやて」

可哀想な男である。

そのうち表の方では、ガラガラと引っ切りなしに戸が開いて、若い職工たちや、いつも入り浸ってご飯を食べている花札の男や女たち、それに近所の年寄りや子どもたちも集まってきた。これではクリスマス・ケーキは足りない。その代わり大人たちには、お茶や駄菓子、男には焼酎や炙ったスルメなどが出るのである。

正月はしんと静かなものだが、江藤家のクリスマスは人でごった返す。

「遅うなりました」

と瀬高の緑がエプロンを持って手伝いにきた。

「うわ。これは何の騒動ね」

部屋を覗いて緑は眼を丸くした。

貴田菊二は晩酌の焼酎を一合飲むと、ラジオの浪曲を聴きながら寝てしまった。サトはラジオを消して、金さんの妻と赤ん坊にも布団を敷いてやり、

「先に寝ときよ。念のため中から鍵をかけてな」

そう言い置くと家を出た。

今頃はミツ江が一人でお茶をいれたり、漬け物を切ったり、スルメを炙ったり、忙しかろう。

江藤家に真っ直ぐ急いで行こうとしたが、足が止まった。

金さんのことが気にかかった。

大の男の金さんなど放っておいてもいいのだが、この寒夜にアルコール中毒の男が暴れればどういうことになるか、想像するだけでサトまでゾクゾクと震えが襲ってくるのである。

窓が割れていても、どうせ酔っ払いはうち倒れて寝てしまうので、寒さは感じないだろう。日本酒なら飲んで寝てもいいけれど、焼酎を飲んで眠ってしまうと命取りになりかねない。清酒と違って焼酎はアルコール度数が高いので、体温を奪われて死ぬことがある。

綿入れ袢纏《はんてん》で着ぶくれたサトの影が、塀沿いの道をせかせかと歩いていく。人の命の重みということを考えなければ、アル中の男が寒夜に飲んだくれて死ぬことは、その後の妻と子の平和にとっては、いっそ悪いことではないかもしれない。サトは白髪頭を風に吹き散らせながら思う。しかし足は金さんの家に向かった。

ブリキ屋根を継ぎ足し、継ぎ足しした金さんの家の前に立つ。近所の在日の人たちの家から較べると、構えは大きい。犬のペスの小屋も鉄格子が入って立派である。しかしペスも子どもたちも妻もいない。

庭にまわって明かりのついた窓を覗くと、案の定、窓枠ごと外れて地面に落ちていた。男の白い背中があった。この寒い夜に金さんは上半身素っ裸だ。喧嘩をするときと酔ったときは、この男は背中の入れ墨を見せびらかすため服を脱ぐのだ。

男盛りの白いつるつるした背中の皮膚に、般若《はんにゃ》の面と美人の弁天様が描かれている。綺麗な肌だとサトは思う。五体満足で、男振りも良く、人を使う才もあり、妻子もあるのに、どうしてこの男はこんなに不幸なのだろう。

サトから見ると少しも不幸ではないはずだが、本人が苦しんでいるのだから、やはり幸福ではないのだろう。

金さんは起きてあぐらをかいて座っていた。白い肌がぶるぶる震えている。サトが裏口の戸を押すと鍵はかかっていない。部屋に入ると、金さんは背中の般若と同じ形相である。眼を剝いて宙を睨んでいた。畳に転がった湯飲み茶碗から焼酎がこぼれている。

「金さん。風邪ひくがの、服ば着なっせ」

傍らに落ちていた服を背中に着せかけると、金さんの青白い顔がサトをカッと見るや、むしゃぶりついてきた。

「ひゃあ、な、何ばすると」

「オンマ！」

金さんは振り絞るように呻くと、サトの肩を摑んで子どものように泣き出した。

「オンマァ。哀号《アイゴー》。会いたかったよォ」

ありゃあ、とサトは尻餅をついてしまった。金さんの裸の胸がぺったりとくっついて、両腕でサトの体を抱き込んだ。男勝りと言われたサトが、男にこんなに強く抱き締められるなんて初めてだ。

「オンマァ。オンマ、オンマ、会いたかった。ああ、夢みてえだ。夢じゃないかのう」

そうや、夢みたいなもんや、とサトは思う。

金さんの顔は涙でびしょびしょだった。口からは涎が垂れている。色男もこうなりゃ形無しである。サトは哀れになってくる。大人なら母親のことはオモニと呼ぶ。アルコールのせいで子ども返りをしているのだろう。

「オンマ。ほんとに帰ってきたんか?」

むせび泣きながら言うので、

「おお、そうじゃ」

とサトは思わず答えてしまった。

「そんならオンマ、おれを抱いてくれ。哀号。親不孝者のおれを抱いてくれ。頼む……」

泣きながら金さんの腕がサトの体を盤石《ばんじゃく》の力で締め付けてくる。

「苦しい、放せ」

「抱いてくれ」

ええい、仕方ない。サトは精一杯の声を出した。

「抱いてやるから、手ぇ放せ……」

「オンマ。乳くれえ」

「オンマはもう年を取ってしもうた。乳も涙も出るもんじゃねえ」

金さんは抱きついたまま泣いている。

この男が腹巻きにニッカボッカのズボンを穿いて、上半身は肌着の綿シャツ姿で、鳥打ち帽子をかぶり、楊枝を口にくわえ、雇い人に指図している様子を、サトは製鐵所の西門の辺りで見たことがある。

入れ墨で描いた青い眉の下に、情の薄そうな切れ長の眼が蛇の目のように開いていた。なんとなく寒気を覚える顔だった。

その顔がサトの頬にすり寄っている。犬の子にも母親はいるもんじゃて。サトはうなずいた。蛇の子にも母親はいるもんじゃて。

「おい。金世淳よ」

サトは声の調子を変えて言った。

「乳はやれんが、お前さんば寝かせてやろう」

子どものようにうなずく金さんの体に、サトは放り投げてある服を着せた。金さんは眼をぽっかり開けてされるままになっている。ボタンを止めてやって、

「よし、そこの布団に横になって眼を瞑れ。そうそう、静かに眼を瞑れ。オンマがいいと言うまで、瞑っとれ」

金さんは布団に仰向けに寝て瞼を閉じた。

「オンマ。おらァ幸せだ……」

金さんがほっかりとつぶやく。

「よしよし。安心して眠れ」

金さんは静かになった。

サトが布団の上から胸元を叩いてやる。とん、とん、とん、と叩きながら、酔っ払いを眠りの巣箱に導いていく。ひと足、ふた足、と金さんは夢路に入っていくようだった。

「よしよし。寝る子はよか子じゃ」

やがて軽い鼾《いびき》が聞こえ始める。サトはそれを確かめると、抜き足、差し足で部屋の外へ出た。

表の道は粉雪が降っていた。

サトは江藤家に向かって歩く。あの家では大勢の人が集まって、今頃ケーキを切り分けているだろう。賑やかな光景に引かれるようにサトは歩く。

ふと、消灯後の病院のベッドで寝ている江藤辰蔵の顔が浮かんだ。一人で家に残されている瀬高克美の顔も浮かんでくる。金さんの寝顔も眼に映った。淋しい男たちだった。

夜道にサトの白髪が氷のように光る。

江藤家ではクリスマス・ケーキが切り分けられていた。

「おばさん。おれだちのぶんは」

「男ん衆は焼きうどんじゃ。ミツ江が作っとるで待っちょくれ」

江藤のトミ江が今夜は寝床から起き出して、辰蔵の代わりに座敷に座っている。下働きの女が焼酎のコップを配ってまわる。父親の借金のカタに預けられたタマエが、せっせと大皿の漬け物を取り分けている。ミツ江が焼きうどんの皿を運んでくると、出入りの若い男たちが群がって自分の皿に移し始めた。

トミ江が首を伸ばして言った。

「そうじゃ、瀬高の娘がおるじゃろが。明治学園ば行っちょるやろ。緑ちゃん。クリスマスの歌ば歌うてくれんかい」

えっ。部屋の隅でヒナ子と一緒にケーキを食べていた緑は、息が詰まりそうになった。

「そんな歌、ありません」

「何言うとる。聖《きよ》し、この夜、ちゅう歌があるじゃろが。もったいぶらんと歌わんかい」

「そうじゃ。そうじゃ」

酔っ払いたちが手を叩く。

歌えんわ、だってこんなとこで。ちっとも聖しこの夜じゃないもん。緑はヒナ子にぶつぶつ言った。

「何でもよかとよ」

ヒナ子がささやく。

緑は一瞬、ちょっと怖い顔をして考える。それから、すっと立ち上がって、気を付けをして一礼した。

「では角兵衛獅子《かくべえじし》の唄を歌います」

美空ひばりの映画になった流行歌である。

よかぞ。

拍手が湧く。緑は歌がうまいのだ。聴く者の胸を震わせるような澄んだ声が流れた。

生まれて父の　顔知らず
恋しい母の　名も知らぬ
わたしゃ旅路の　角兵衛獅子
打つや太鼓の　ひとおどり

緑の声が部屋中に透って、みんなしんとなった。漬け物皿と箸を持ったまま、タマエが動かなくなった。じっとうつむいているのである。ヒナ子もそれを見るうちに、何だか胸が熱くなって泣きたくなってきた。

緑やタマエが、みなし児というわけではない。けれど親きょうだいはいても、肉親に縁の薄い子であることに変わりない。そんな子どもたちを含めて、面倒を見てくれている大人たち。その生彩のない、少し疲れたり、薄汚れたりしている大人たち。

それから、イエス・キリストの信仰にも何の関係もなく、ただもうクリスマス・ケーキや焼酎や炙ったスルメ、焼きうどんにつられて今夜集まってきた人たち。

そんな大人の顔を見ていると、ヒナ子は悲しいような嬉しいような変な気持ちになって、胸が震えてくるのだった。堪《こら》えていても、ううう……と嗚咽《おえつ》の声が漏れてしまう。

やだ、やだと歯を食いしばりながら、ヒナ子は泣いた。

情けを知らぬ　親方の
昼寝の暇に　空見れば
雁も親子で　帰るのに
わたしゃ越後へ　いつ帰る

そのときだった。

えーーん、と部屋の真ん中で、女の子の大きな泣き声が起こった。タマエが座り込んで顔を覆って泣き出したのだ。それを見たヒナ子もつられて、わーーん、と泣き始める。泣き声の合唱だった。緑が吃驚したように二人を見つめて立っている。

そんな騒ぎの中に、夜道を急いで来たサトが玄関の戸をガラガラッと開けた。

暮れの二十五日が町内の餅搗きだった。霰《あられ》がパチパチと地面を打つ凍《い》てついた日に、男は餅を搗き、女はそれを手で捏《こ》ね、ヒナ子たち子どもも、運ばれてくる搗きたての熱い餅を手を真っ赤にして丸めた。

夕方、町内の男衆が餅箱に入れた餅を、各戸にリヤカーで配達してまわる。ヒナ子の家の餅箱は、三人きりの家族だから二つしかない。大鏡餅と仏壇のお供え餅と、あとはヒナ子の好きな餡《あん》餅と白い餅だ。

その後、金さんの奥さんが大きな袋を提げてやってきた。在日の人たちは旧正月に盛大な正月のお祭りをする。それでも子どものいる家は、新の正月にも餅を搗いて朝鮮式の四角い小豆入りの餅を作る。それを持ってきたのである。

「うちの人が搗きました。貴田のばあちゃんのお蔭です」

「ありゃあ。何かあたしの言うたことが、効いたんじゃろかのう」

「そうかもしれんです。オモニの写真に朝晩、手を合わせています」

「けど気を付けなっせ。アル中は酒を一滴でも飲んだら、また暴れる。難儀じゃけどな」

「はい。有り難うございます」

金さんの奥さんは頭を下げて帰っていった。

サトは床の間に搗きたての鏡餅と小餅を並べた。朝鮮の四角い餅は硬さがあって噛み応えがある。晩ご飯のとき、日本の餅と朝鮮の餅を食べ較べた。

「塩味がほど良うて、不思議な味じゃのう」

菊二が言った。潰した小豆が入っているので薄桃色の餅である。日本の餅はふっくら柔らかくて丸い。床の間の大きな鏡餅などは、いけないと言われてもつい触ってしまいたくなるような餅だ。サトが警戒して、

「ええか、ヒナ子。ばあちゃんのおらんときに、汚い手でいじったらならんよ」

お見通しだ。ヒナ子はよくこっそりと餅の表面を突ついて遊ぶのである。

「白い餅はな、田んぼの稲の神さんの魂が入っとるとぞ。だから餅は丸かろうが。稲神さんの心臓の形やど」

ヒナ子はそれを聞くと、ヒィーと声を出した。

ヒナ子の頭の中に夜の床の間の暗がりが映る。餅箱の中で白い餅たちが一斉にドックン、ドックンと脈を拍《う》っている。それがどんどん高まってきて、蓋を押し開けそうだった。稲の神さんの心臓は餅箱をむっくりと膨らました。ヒナ子は眼をギュッと瞑った。

「ええか。突いたら、つまらんよ」

つまらんよ、とはいけないよ、ということである。

「うん」

ヒナ子は細い声で答えた。

八幡の町に正月がきた。

白い雪が町の上にすっぽりとかぶった。八幡製鐵所のコークス工場や高炉など、火が燃えている所だけは黒々として、あとは洞海湾も山も町もいちめん銀色に光った。

正月の町は静まりかえっている。一年中稼働している製鐵所だけがときどき、シャーーーッ！というコークス工場の激しい蒸気の音を立てるくらいだ。日の丸の旗を飾った路面電車がとろとろと行く。

ヒナ子は正月が嫌いだ。鶏のガラみたいに骨ばっかりのヒナ子は寒がりである。子どもは風の子ばかりじゃないのだ。

元日の朝、起きると正月の難行苦行が待っている。前の晩に枕元に畳んで置いて寝た、新しい洋服、新しいシャツや新しいズロースなどに着替えねばならない。それがもう氷のようなのである。冷気の詰まった部屋にあるものは全部冷たい。冷えている。

氷の衣服を身につけて、茶の間に行くと、この寒い朝に火の気は火鉢一つしかない。ちなみに菊二もサトも高血圧で暑がりだ。真冬でも足袋・靴下を履かない。

ヒナ子は仏壇のある部屋に行くと、ぶるぶる震えながら手を合わせた。緑が歌った「角兵衛獅子の唄」を思い出す。それで思わず真剣に元旦のお祈りをした。

どうぞ、ばあちゃんが死にませんように。

どうぞ、じいちゃんが死にませんように。

お祈りをすると、安心をする。

ヒナ子は祖父母と三人で正月の祝い膳に着いた。

「じいちゃん、ばあちゃん。明けましておめでとうございます」

「はいはい、ヒナ子、おめでとう。今年も良い子にしておくれ」

菊二が言う。それから菊二が青竹を削いで作った箸を手に取るのだ。この正月のご馳走も、舌が凍えるようなものばかりである。吸い物は冷めている。大根と人参の紅白なますも噛み締めるほど鳥肌が立ってくる。煮しめもかまぼこも凍りかけている。

「ばあちゃん。冷たい」

前の晩に炊いて、わざと冷やしたようなご飯を一口食べると、ヒナ子は震えながら言う。サトは首を横に振った。

「正月は火の神さんが休まるるから、文句言うたらいけんど」

火の神様の休日には台所の煮炊きはできないのだ。それで温かい雑煮も汁粉も一月二日からである。元日に食べるものはすべてサトが前の晩に作るのだ。お茶もない。体じゅうがガチガチ震えて、温かい風呂に入りたくなるが、初湯も朔日《ついたち》は禁じられていて、二日の朝風呂を待つことになる。

ヒナ子が冷たいご飯をお腹に入れると、元旦の次の苦行が待っていた。ただこれは寒いけど楽しみでもある。親戚の家を午前中いっぱい訪ね歩いて、「おめでとうございます」と新年の挨拶をするのだった。行けばお年玉の入った小さな袋が貰える。ヒナ子の赤い郵便ポストの貯金箱におカネがたまる日である。

「ヒナ子。早よ行かんね。ぐずぐずしとると昼になってしまうったい」

サトが急かせる。元日の挨拶は朝の内だけである。ヒナ子が支度をしていると、家の表に男の低い陰気な、くぐもったような声がした。

「ごめんください」

サトがすぐ出ていく。年始の客である。黒い外套を着た瀬高克美が神妙に立っていた。ふだんは姿を見せない男なので、サトはちょっと吃驚する。外套を脱ぐと一張羅《いっちょうら》の背広を着てネクタイを締めている。一年にたった一度だけ、足を運びたくない家に緊張してやってくるのだ。克美が元旦の挨拶をしなければならないのは、義兄の貴田菊二と江藤辰蔵の家の二軒だけだった。

「さあ、上がんなっせ」

サトの後について部屋に入る。克美は畳に正座して両手を突き、卑屈なほど頭を下げて畏れ入っている。

「義兄《にい》さん。義姉《ねえ》さん。明けましておめでとうございます。昨年はいろいろお世話になりまして有り難うございました。今年もどうかよろしくお願い申しあげます」

菊二は人間世界のことにはさして興味がないので、返す挨拶も短い。

「はい。おめでとうございます。こっちこそ今年もよろしくお願い申します」

屠蘇《とそ》が注がれ、昆布とスルメの切ったものが克美の掌に載せられる。サトはこの妹婿が去年どんなことをしたか、多少は聞いて知っていた。

テーラーの客の妻と関係をもっている、とミツ江は言うのだった。二人で歩いている現場を見た者があるらしい。それをミツ江が責めてもこの男は言い逃れるだろう。だが客の夫に知られればただですむことではない。サトはそのことを考えると、自分のことのように胸が苦しくなってくる。

今年はこの男に女とのどんな状況が開けるのか、サトは克美をじっと見つめていた。思わず言った。

「克美さん。どうぞ商売第一にやりなっせ」

「はい……」

サトの言葉に、克美はまた畳に深々と頭を沈めた。

そこへヒナ子がオーバーに手袋をはめて出てきた。裾の広がった赤い半オーバーは、母親の百合子が暮れにミシンで縫ってくれたものだ。デパートに卸す服の残り切れを足して作った。洋画に出てくる女の子のようだ。

ヒナ子は浮き浮きして、

「瀬高のおいさん。おめでとうございます」

飛びつくようにそばへ行って挨拶した。

「おお、ヒナ子ちゃん。おめでとう」

「あたしもこれから、お年始に行くとよ」

「そうか。おいさんも行くとじゃ」

克美は長居は無用とばかりに、菊二とサトにいとまを告げて、ヒナ子と一緒に貴田家を出た。

二人が表の道に出ると粉雪がさらさらと降ってきた。


三月、井戸端の桃の木がふつふつと薄紅色の花を付けている。

小学校は春休みで、ヒナ子は四月になると三年生になるのだった。けれどヒナ子の気持ちは妙に落ち着かない。母親の百合子が長いこと姿を見せないのだ。思い返してみると去年の暮れにちょっとやってきただけで、その後は正月の挨拶にも来なかった。

どうしたんやろ。

病気なら祖母のサトが何か言いそうなものである。それにいつもの百合子なら、もうとっくにヒナ子に春らしい通学服を縫ってきてくれるはずだ。上靴を入れる手提げ袋も、可愛い端切れで作ってくれる。

「ばあちゃん。お母さんはどうしたん」

「おお、そういえばどうしたんじゃろかのう」

サトは言い淀んでとぼけてみせる。それがありありとヒナ子にもわかるのだ。おかしい。何かおかしい。ヒナ子はサトの素知らぬ風を装った顔をじろりと睨む。

そんな謎が解けたのは何日か経った夕方だった。

ヒナ子が遊びから帰ってくると、近くの道で何と百合子を見たのだ。後ろ姿だがすぐそこにいたのだから人違いではない。百合子は今し方、貴田の家を出てきたばかりのようだった。

「お母さん」

とヒナ子は走っていこうとして、声が出なくなった。足も止まった。久しぶりに見る百合子の姿の変わりように驚いた。後ろから見ても腰やお尻が変に膨らんで、腹の太い雌鶏がひょこひょこ歩く姿にそっくりだった。

赤ちゃんができとる。

ヒナ子はひぇーと口を開けた。こういうのを妊娠というのだ。ヒナ子は走って家に帰り、繕《つくろ》い物をしているサトの背中に飛びついた。

「あたし、今そこで、お母さん見たよ。下腹のところがすごく膨れとった。赤ちゃんが生まれるんよね。ばあちゃん。あたし、すぐわかったよ。いつ生まれるとやろか。お母さん、妊娠ばしたとるよね。ばあちゃんも見たやろ」

サトは顔も上げずに普段の声で答える。

「夏になったら、出てくるとよ」

すごーい。ヒナ子は感心した。

百合子は結婚しているのだから、赤ん坊が生まれても不思議はないが、それにしても泥を捏ねたのでもなく、どこかに種を蒔《ま》いたのでもなく、……本当は人間の子は種を蒔いて生まれるのだけど、それはヒナ子の知らない種の話で、ヒナ子からみると、ある日、突然、人の姿をした小さな子どもが生まれ出てくるのだ。

「あたし信じられんわ……。ねえ、ばあちゃん」

ヒナ子は貴田の家に生まれてきて、周囲の人間が減りこそすれ、増えるような場面に一度も出合ったことがない。サトの家に遊びにくる近所の年寄り友達は、一人二人と年々に欠けていくのである。おまけに母親の百合子まで再婚して出ていってしまった。

貴田は引き算の家だった。

しかし百合子はまだ若いので、これからもっと子どもを生むかもしれない。すると百合子の家は足し算になるのだった。

「ばあちゃん。お母さんに赤ん坊が生まれたら、あたしのきょうだいになるとよねえ。弟じゃろか、妹じゃろか」

ヒナ子はわくわくした声で言う。

「そうじゃのう」

縫った糸をキシキシと親指の爪でしごきながら、サトはほかのことを考えていた。戸籍の上で百合子はヒナ子の姉になっている。だから正確にいうと、赤ん坊はヒナ子の甥か姪になるのだった。ヒナ子は小学三年の叔母になる。

百合子の夫は市役所に勤める公務員だが、年始の挨拶に行った江藤家で花札賭博を目撃して、その後は江藤家だけでなく貴田の家からもしだいに足が遠のいている。夫婦仲は悪くないのが何よりの幸いで、サトも菊二も胸を撫で下ろしているところだ。

「ばあちゃん。お母さんはあたしに、新しい服を縫うてきてくれた？」

ヒナ子がきょろきょろと辺りを見るので、サトは声を落とした。慰めるように言う。

「それがのう、腹が太いとミシンば踏むのは控えにゃならんと。そいで服は作れんやったが、新しか上靴袋は縫うてきてくれちょる。ほら、可愛かじゃろう」

「……」

赤いギンガム地に白いひよこが並んでいた。ヒナ子は袋をつまみ上げると、気がなさそうにぶらりと揺らした。

「ヒナ子、今夜はくろがね湯に行って髪ば洗おう」

晩ご飯の片付けがすんでサトの声がする。

「いやや。あたし、江藤の風呂がよか。タマエちゃんと入るもん」

ヒナ子はそう言いながら、もう洗面器に自分の石鹸や手拭いを突っ込んで出てきた。

「ばあちゃんは髪ば洗うから、貰い風呂の順番を待っとると遅うなる。店の風呂は早くすむ。ヒナ子の髪も洗うてやるから一緒に行こう」

「いやや。江藤に行くもん」

珍しくヒナ子は言うことを聞かず、洗面器を持って家を飛び出していった。

カタカタ洗面器を鳴らしながら、ヒナ子の頭の中でくるくる思いが巡る。ヒナ子の所に赤ん坊の家族が増えることを教えたら、タマエもどんなに吃驚するだろう。

赤ん坊はヒナ子のきょうだいだから、赤ん坊はしょっちゅう連れられてくるだろう。ヒナ子は赤ん坊の守りをする。タマエにもちょっとだけ抱かせてやろう。タマエもおとなばかりの江藤家で、子ども一人だけで暮らしている。ヒナ子もタマエも愛らしい小さい子どもに飢えていた。

しかしヒナ子の家とは別に、江藤家や瀬高家の人数はこの頃は足し算になっている。江藤家にはタマエが借金のカタに、瀬高家には克美の弟の家から緑が養女になってきた。娘が二人も飛び込んできたのである。家の中に活気が湧いたのは確かだった。そしてヒナ子の所には、百合子の赤ん坊がやってくる。

ばんざーい。

江藤家の明かりが見えた。

ヒナ子は下駄をカタカタ鳴らせて、裏口から駈け込んだ。台所脇の板の間では、下宿人の職工のおにいさんたちが晩ご飯をかき込んで食べていた。

長い食卓の中央には、年明けに病院から退院した辰蔵が、めっきり痩せたどす黒い顔をして、醤油でくたくたに煮しめた菜っ葉と厚揚げを肴に、焼酎を飲んでいる。ただし入院前は七、三で割っていた焼酎が、……七が焼酎で三がお湯だったが、今はその逆の三、七になっていた。

「江藤のおいさん、今晩は」

「おう、ヒナ子、今夜は一人で来たか」

「タマエちゃんと風呂に入る」

「そんなら部屋に行ってみい」

タマエは納戸《なんど》を改造した小部屋を貰っていた。ヒナ子が覗きに行くと、小窓からあかあかと点いた電灯が見えて、外から呼ぶと戸が開いてタマエの顔が出た。

「散らかしているけど」

部屋の片付けの最中で、教科書や勉強道具が畳の上に出してある。ヒナ子は覗き込んで、あ。

眼をまん丸にした。粗末な板壁の部屋に、窓に向いて新品の勉強机が光っていたのだった。ひと目で買ってきたばかりとわかるまっさらだ。

うわ。こんなの、あたし欲しかった。友達も、みんなこんな机を持っとるもん。

「タマエちゃん。この机、どうしたん」

「もう五年生になるから、ちゃんとした勉強机がいるやろうて。江藤のおじさんが買うてくれたん。わたし、嬉しかったあ」

　タマエは何の屈託もない顔で打ち明けた。

「……」

　代わりにヒナ子の方は胸がずしんと重くなった。何だか湿った泥みたいなものがどさりと落ちてきたようだ。胸がつかえたようになり苦しい。

「引き出しもこんなにあるとよ」

　タマエがガラガラと開けて見せる。

「うん」

　ヒナ子は黙って見つめた。まだ勉強机は持ってない。宿題は晩ご飯を食べた後のちゃぶ台でやっている。小学二年だから、それで不自由はないのである。もともとヒナ子は勉強なんてほとんどしない。だから菊二もサトも、当のヒナ子でさえも、今まで机のことを考えなかった。けれどこうして新品の机を見てしまうと、勉強はしなくてもヒナ子だって机が欲しくなる。いや、それより今まで机を持たなかったことが、物悲しくなってくる。ヒナ子だってもうすぐ三年になるのだ。

　そろそろ机を買ってやろう、と考えるような大人がヒナ子のそばに一人くらいいてもいいではないか。菊二もいて、サトもいて、百合子という母親もいるのに、肝心のそんな人物はいないのだ。

　所詮、孫にとって祖父母は親の半分しか思慮がなく、再婚して出ていった母親も半分だ。肉親の頭数は三人分あるのだが、みな半分ばかりの大人だった。

普段は吝嗇で、アル中で、借金のカタの仏像に焼酎の一升瓶を振りかざすような江藤辰蔵こそ、心の内は情実のある男だったのだ。

「ヒナちゃん、すぐ片付けるから待ってね。それから一緒にお風呂に入ろう」

タマエは机の引き出しに、筆箱やノートや教科書を急いで入れ始めた。


江藤家の風呂場はトタン屋根だ。

頭の上に裸電球が一個ぶら下がっている。

ひどく暗い。

風呂桶は木製の据え置きで、中の湯に入るのに子どもが跨ぐには高すぎて、踏み台の上にもう一つミカン箱を載せる。床はセメント張りで木の椅子が一つ。

時間が遅くなると、風呂に足す溜め桶の水もなくなっている。二人で外の井戸の水を汲んで風呂桶に足し、焚き口に石炭を放り込んで火勢を上げる。子ども二人で順序よく助け合わねばならない。それからようやく服を脱いでお湯に入る。

お湯の中にヒナ子とタマエは向き合って、しゃがんで折り曲げた両足を互いに片寄せると、丸い桶にすっぽりと体が入り込んだ。水汲みで冷えたタマエの膝は、急に熱い湯に入って鳥肌が立ち、ヒナ子の足をチクチク刺す。ヒナ子は自分の膝をずらした。

ヒナ子の鶏ガラみたいな細い足はつるんつるんだ。

「ちょっとね」

「気持ち悪い？」

「ヒナ子ちゃんの手、ちっちゃいねえ」

タマエの手はひとまわり大きい。台所の水仕事の手伝いや雑巾がけで荒れているので、それでなくても大人のようだ。

「こうしたら綺麗になるよ」

タマエがヒナ子の手の甲を撫でてみせた。

体が温まってお湯から上がると、タマエは洗い場の床に木椅子を置いて、ヒナ子を座らせるとせっせと体を洗ってくれる。ヒナ子の手足はピノッキオの人形みたいにポキポキしている。

次にヒナ子がタマエの体を洗う。少しずつヒナ子より大きい胸や、腹や、腰や、手足がある。

タマエの胸にはまだ固い乳首がぽつんと二つ付いている。乳房の形に胸は少し膨らみ始めている。

あたしも、こんなになるんかな。

そう思いながら手拭いで石鹼の泡をこすりつけた。

ヒナ子は瀬高の緑とも一緒に風呂に入る。瀬高の家にも風呂があるのだ。緑の裸の胸はタマエよりもっと膨らんでいて、乳首なんかはピンク色をしている。でもまだまだ百合子なんかの体には敵わない。あたしのお母さんのおっぱいは、もっとふわふわやもん。

タマエはヒナ子の髪を洗ってやる。ヒナ子の髪がすむと自分の髪を洗う。ヒナ子がそばからざぶざぶとお湯を掛けてやる。二人の髪の毛はぬるぬるした昆布を頭にかぶったようになる。それからまた両方の体を互い違いにお湯に差し込んで、ぴったりくっついて温まる。

暗いお湯がちらちらと光っていた。そのお湯の中にタマエの首と顔が出ている。知らない女の子がいるみたいだ。いつからこの子はここにいるのだったろう。いつの間にこの家にやってきたのだろう。

そういえば瀬高の緑もそうなんだったとヒナ子は思う。いつもエス様、エス様と言うあの子は、瀬高の緑はどこからきたのだろう。

風呂の湯に温まると何だかおかしなことを考える。

「お帰り、ヒナ子」

サトが振り向く。ヒナ子は返事もせず、茶の間を突っ切って自分の部屋に飛び込む。菊二も妙な顔をして奥を眺める。訝《いぶか》ってサトが立ち上がり、様子を見にいくと、襖の向こうから、子山羊が鳴くようなヒナ子の泣き声が漏れていた。

「ありゃあ、どうしたことやろか」

とサトが驚いて中に入っていく。

「どげんしたと？　江藤のとこで何かあったか」

ない、ない、何もない。

とヒナ子はかぶりを振る。

机がない。服がない。父がない。母がない。きょうだいがない。そして愛がない。あるのは齢を取ったじいちゃんと、ばあちゃんだけだ。

うえーん、うえーん、と天井を仰いでヒナ子は号泣する。江藤の家で泣きたいのを我慢してきたので、もう止まらない。真っ赤な火の玉になったような、もう盛大な泣きっぷりだ。サトはそれを見るうち、自分も眼をこすった。ヒナ子の涙が伝染《うつ》って、泣き笑いしてしまう。

「あたしも、勉強机が、欲しかあ」

「ありゃ、そんなことか。買うてやるぞ、泣かんでよか」

「ばあちゃん、ほんとに？」

ヒナ子がクッと泣き止んだ。年寄りは毒の飴である。

「学校に着ていく、服も欲しか」

「おう、縫うてやる。お母さんに縫わすけん」

「だってお母さん、おなか大きゅうて、縫えんもん！　赤ちゃんができるんで、縫えんもん」

ヒナ子が泣き腫らした眼を剝いた。

「そんなら店で買うてやる。明日、服ば買いに行こ」

サトはヒナ子の手を取った。

学校の春休み。小学二年生は退屈で、やるせない。

大きな男の子たちは友達と鳥獲りに山へ行ったり、女の子は編み物をしたりするのだが、ヒナ子たちは縄跳び、缶蹴り、かくれんぼに飽きたら、猿山の猿みたいに四、五人でかたまって道端に座っているしかない。

子ども同士のいじめが起こるのはそんなときだ。

向こうからタマエがお使いの買物籠を提げて帰ってきた。同級生の順子と武子がじっと眺めている。タマエは器量が良いと大人たちが言う。これだけで充分いじめの理由はあるのである。

「タマエは上品ぶっとるね」

「お嬢さんぶっとるし」

二人が立ち上がると、三年生の正子ものろのろと腰を上げる。ヒナ子はまずい、と思う。タマエは何も知らずにやってきた。しかし順子たちが気にくわないという気持ちもわかるのだ。タマエはちょっとおとなびて腰を振り振り歩く。

「なんば澄まして歩きよっと」

「あたしだちば、馬鹿にしとらん？」

タマエは困ったような顔で行き過ぎようとする。その前に武子と順子が出ていって遮る。二人が眼で合図して、

「お、や、な、し、ご！」

「お、や、な、し、ご！」

タマエの白い顔がゆがむ。黒目がちの眼を見ひらいて唇を噛み締める。正子も遅れてならじと一歩前に出て、

「お、や、な、し、ご！」

ヒナ子は石に腰掛けたままだった。

怒りたいがエネルギー不足である。生まれつき器量の良い子は可哀想だとヒナ子は思う。妬《ねた》みを受ける。

だが器量の良くない子も、同じように可哀想である。器量良しの子がいじめられるのは一時だが、器量の良くない子はずうっとそうである。不器量が改善されることはない。

タマエは可愛くて綺麗な娘だ。タマエがもしも武子みたいなガラガラ声を出すような子だったら、江藤の辰蔵は机を買ってやっただろうか。

ヒナ子は怖い顔をして、うつむいて座っていた。それからすうっと立ち上がると、タマエに白目を剝いてアカンベーをした。

「お、や、な、し、ご」

ヒナ子は言った。声は小さかったが聞こえないほどではない。タマエの顔がぐにゃっと崩れた。でも何も言わなかった。タマエは買物籠をギュッと摑んで走り出した。

タマエの背中が泣いていた。自分が悪態をついたくせに、ヒナ子もベソをかいて立っていた。

そんなことがあってから、江藤の家が遠くなった。

サトが江藤に貰い風呂に行く支度を始めると、ヒナ子はいつの間にかいなくなる。自分の小遣いを出してそっと銭湯に行くのだった。

「タマエちゃんと喧嘩でもしたとか」

サトが不審そうに尋ねるところをみると、タマエはまだ辰蔵に言いつけてはいないようだ。辰蔵がその話を聞いたら、きっとサトに言わずにはおかないだろう。ヒナ子は胸を撫で下ろしているが、タマエに会うことはできない。

ヒナ子は謝りたくなんかなかった。

タマエの机のことで、ヒナ子がどんなに辛い気持ちになったか、教えてやりたかった。タマエは悪いことなどしていないが、それでもタマエに怒っている。ヒナ子は順子や武子の気持ちがだんだんわかってくるのだった。

早く学校が始まればいい。


そんなある朝、サトが篠栗《ささぐり》山のお遍路に出ていった。

毎年この季節、サトは近所の年寄り仲間と揃いの菅笠に白装束姿で、金剛杖の鈴をチリーン、チリーンと鳴らしながら家を出る。

「ヒナ子。じいちゃんの言うことば聞いて、温和《おとな》しゅう留守番しとくとよ」

白ずくめのの幽霊みたいな姿でサトは言った。ヒナ子はそれだけでもう泣きたくなるのだった。タマエと遊べなくなったうえに、ばあちゃんまでいなくなる。

ヒナ子はうつむいて黙っている。

「篠栗の土産ば買うてきてやる」

その土産というのは、鶏のエサみたいな粟粒を揚げた干菓子と、粗悪な紙にどぎつい色で描いた地獄極楽の絵本である。頁をめくると血の池地獄、針地獄、焦熱地獄、それから赤鬼や青鬼が亡者を釜茹でする台所もある。ヒナ子が夢に魘《うな》されるこんな恐ろしい本を、サトは毎年買ってくる。子どもの教育のつもりらしい。

白装束の年寄りたちが八幡駅から汽車に乗って、篠栗山の霊場へ行ってしまうと、町は湿気が取れたようにカラーンと明るくなる。ヒナ子は菊二の作った薄い味噌汁と卵かけご飯を食べて学校へ行く。昼間はいいのである。

けれど晩ご飯がすんで、菊二と銭湯に行って男湯で髪を洗ってもらって、家に帰ってくるとヒナ子の家は真っ暗な闇に呑み込まれている。電灯を点けてもいつもの家の中よりなぜか暗い。影ばかりが深いのだった。

その夜、布団に入る前にヒナ子はお便所に行った。壁のスイッチを押すと、小さい電球が頭の上にぼんやり点《とも》った。明かりが真下の便器の穴を照らしている。

ヒナ子は怖々《こわごわ》と中を覗いた。そこには何だか黄土色の山や、谷や、お便所の地獄地図のような世界が広がっているのだった。ヒナ子がしゃがみ込んで眼を凝らすと、仄暗《ほのぐら》いそのこんもりとした山襞に、白い豆粒のようなものがもぞもぞと蠢《うごめ》いている。

「ばあちゃん」

ヒナ子は思わずつぶやいた。

サトがいる。

お便所の穴の中に篠栗山の霊場があった。白装束のサトたちが黄土色の山谷を巡っている。

ばあちゃん、早う帰ってきて。

ヒナ子は電球の明かりの下で涙ぐんだ。


天気のよい朝、山田良正がやってきた。

「おおーい。ヒナ子ォ、杉田さんと山に行ってみんかァ」

表には野球帽をかぶり、肘の擦り切れたジャンパーを着た山田良正が立っていた。

今朝、良正が兄の新聞配達について行ったとき、江藤の家の井戸端で杉田のおにいさんと会ったらしい。

「杉田さんな、今日は非番で山に何か掘りに行くと言うんや。おれもヒナ子と水晶掘りに行ったこと話したら、杉田さんは化石掘りに行くと言うたど」

「化石？」

「恐竜やど！」

「げっ」

理科の図鑑で見たことのある、極彩色の恐竜の大きな頭ががばりと飛び出した。以前から北九州の山々には、大昔の地層から恐竜の骨らしいのが出るという話があるそうだ。

「行く」

ヒナ子はスカートをズボンに穿き替えて、サトの買物袋を持ち出した。

「何じゃ、それは」

「恐竜の骨、入れると」

サトの麻袋を肩に掛けて、ヒナ子と良正は駈け出した。電車道を渡った公園の所で、リュックを背負った杉田のおにいさんが待っていた。杉田のおにいさんは八幡製鐵所の三製鋼の工場で働いているが、ヒナ子はそこがどんな工場かは知らない。ヨーコーロ。イッセイコー。ニセイコー。サンセイコー。ストリップコージョー。アツエン。知っているのは工場の名前だけである。

杉田のおにいさんのサンセイコーは、三製鋼工場のことだ。高炉でどろどろに溶けた銑鉄はまだ固くて脆い。それを巨大な回転炉に入れて酸素を吹き込み、炭素を取り除いて粘りのある強靭《きょうじん》な鋼にする。ここで鉄鋼の品質が決まる。

高炉で働く作業員は文字通り「火の人」だが、製鋼工場の職工も転炉という火の巨大な鉄鍋を扱う。子どものヒナ子は知らないが、杉田のおにいさんは千五、六百度の火炎の仕事場から非番の一日、ひととき解放されて普通の世界に帰ってくるのだ。

「よし、来たな。点呼とるぞ。イチ！」

杉田のおにいさんはふっと深呼吸をして、号令を掛けた。

「ニィ」

「サン」

それから三人で公園を出ると、祇園町商店街へ通じる坂道を上がっていく。八幡の町は坂道をどの方角に上っていっても山へ入る。良正が歩きながら聞く。

「にいさん。本当に掘り当てられるもんかのう」

「小倉市の山手に行ったときは、ワニみたいな歯の化石が出た。下関でも出たしな、こっちにも白亜紀《はくあき》の地層は続いとるという。当時はな、大きな湖があったようや。魚の頭みたいな化石も見つけた」

山というより昔の地層が出ている崖などがいいと言う。花尾山へ行く途中に心当たりがあるようだ。良正と水晶採りに行った辺りだ。

「にいさん。地球は鉄の団子と言うてたなあ。地面からいろんなもんが出てくる。鉄も掘ったらいっぱい出てくるんやろか」

「いや、浅い所にはない、地球の芯の所まで掘ったら鉄ばっかりや」

「へえ?」

「宇宙の成分のおおもとは水素というてな。それがどんどんカクユーゴーしていって、最後は鉄を作って動きが止まる。いうたら八幡製鐵所みたいなもんやな、この宇宙は」

良正もヒナ子も黙ってしまう。

「にいさんは物識《し》りやなあ」

「こんなことはな、工業高校の一学期に真っ先に習うとぞ。良正も工業にいけ」

ヒナ子は空を見上げていた。今日の空は青味が薄くて、水道の水のようである。その空の真ン中に大きな天の製鉄所が浮かんでいる。おかしいような、怖いような、ヒナ子は変な気持ちになった。

「鉄ができて、それからどうなると?」

「重うなって太って、そしてもうたまらーんというわけで、ドッカーンと爆発する。超新星爆発いうやつや。そこから宇宙に散らばったのが集まって、地球もできた」

天の製鉄所から星がコロコロ出てくる。

商店街を抜けると、山手の町をずんずん行く。河頭山が近くなる。ごうとうやま、と読むので、ヒナ子の頭の中では、この山は恐ろしい「強盗山」になっていた。そのそばを通り抜けててくてくと行く。

杉田のおにいさんが立ち止まって背中のリュックを下ろした。紐を解くと中から小さなハンマーと紙袋を取り出す。見上げるような高い崖が曲がりくねって続いていた。杉田のおにいさんはその崖の足元の所をしげしげと眺めると、屈んでハンマーをカンカンと打ち込んだ。

「ほら、地層が横縞になって出ているやろ。昔の地層が地震とかで、折り重なったり、めりこんだりしとる。こんなとこによう化石が挟まっとるぞ」

赤っぽい固そうな土の帯と、黒っぽい土の帯がくっついていた。ヒナ子が覗き込むと、その帯の中に石の欠片が見える。杉田のおにいさんのハンマーが帯の土をぽろぽろと崩す。それからハンマーの切っ先で掻き出した。

ヒナ子の小さい片手に載るくらいの石が転がり出た。手に取ると黒っぽい三角形の、釘みたいなのがめりこんでいる。

「何」

「おっ、こりゃあ歯やないか！」

杉田のおにいさんが眼を剝いて叫ぶ。

「何の歯なん?」

「恐竜の歯と違うか」

見せて、見せて、と良正とヒナ子が飛びついた。釘なんかでないことはわかるが、どうして恐竜の歯とわかるのだろう。

「よしよし。近くにまだ同じようなものが出てくるかもしれん。お前だちも掘れ、掘れ」

杉田のおにいさんは小躍りして、リュックから良正とヒナ子のぶんの軍手とハンマーを出して手渡す。

「おれ、恐竜の足とか掘りたいなあ」

「足でも尻尾でも何でも掘れ」

杉田のおにいさんは軍手をはめながら興奮している。

「でも恐竜て、どんくらい大きいの？」

ヒナ子が聞いた。こんな歯の破片みたいなのではわからない。いったいこんな破片を何百、何千個つなげたら、恐竜の本当の骨格になるのだろう。すると杉田のおにいさんがハンマーを持って立ち上がった。

「よしそんならジュラ紀の草食恐竜、マメンチサウルスの姿ば描いてやろう」

腰を屈め、ハンマーの先で地面を引っ掻いて、後ずさりしながら長い長い線を引き始めた。突き出た口のようなものの線から恐竜の頭らしい格好が生まれていき、竜みたいな長い首が伸びる。それからずっと後ずさってだいぶ向こうへ行ってしまった。学校の教室くらいの広さから、もう線がどんどんはみ出していくのだった。

「そんなに大きいと？」

「まだまだ。体長三十メートルはあるんやど」

杉田のおにいさんは描き終わると、不釣り合いに小さな顔の中に目を入れた。恐竜は耳がないのでアザラシみたいな顔になった。

「げっ、可愛くない」

おう！　といきなり杉田のおにいさんが崖の雑木林を指さした。

「マメンチサウルス！」

ぎゃー！　とヒナ子が飛び上がった。

そのとき雑木林の上の高い空に、ぬっと耳のない生きものの頭が出た、……ような気がした。

「おなごはホンマに馬鹿やのう」

良正がへらへら笑った。

「よし。弁当食ってから始めよう」

杉田のおにいさんはまたリュックの紐を解く。何でも出てくるリュックである。道端の草の上に新聞紙を敷いて座ると、リュックから出した握り飯を三人で食べた。

昼からは雲が晴れて山に陽が射した。

良正はジャンパーを脱ぎ、ヒナ子はカーディガンの腕をまくって、崖の地層に張り付いてハンマーを打った。強く打つと化石が砕ける。地層も崩してしまうので、気長にコツコツと丸い穴を抉《えぐ》るように掘っていく。

辺りはからーんと静かだった。空っぽで誰もいない山道の中途だ。けれどコツコツやっていると、ヒナ子はふと自分のそばに誰かいるような気がしてきた。見えないけれど空っぽじゃない。ときどき手を止めて、崖の上の雑木林を見上げた。その上に耳のない、アザラシの大頭みたいなのがぬっと出てきそうだ。そいつはヒナ子の気配を探っている。草食恐竜は優しい目をしていると、弁当を食べながら杉田のおにいさんが言った。肉食恐竜の方が体は小さくて、草食恐竜は大型なのだという。

「なして？」

「食われる奴より、食う奴の方が体がでかいと、エサが足りんようになる。自然界はようできとる」

地面の下は昔や、と杉田のおにいさんは軍手の指でさした。

「この足の下には昔が埋まっとる。宇宙から星と一緒に飛んできた鉄も、石炭も石油も、恐竜も、ひいじいさんも、ひいばあさんも、ひいひいじいさんも、ひいひいばあさんも、地面の下に埋まっとる」

大事な宝物を指すように、杉田のおにいさんはにやりとした。

ヒナ子の頭の中にそのとき、ずいぶん以前にサトの田舎で見たお墓が浮かんだ。杉の木陰のじめっとした所に、苔むした石塔が並んでいた。あの中に収まっているものも宝物なんだな。

昼をだいぶ過ぎた頃、掘るのをやめて三人の収穫を新聞紙の上に並べた。収穫物はどこかの大学に持っていって、友達の学生に見てもらうようである。

杉田のおにいさんの掘ったのは、歯のようだと言う。それと顎かどこかの骨の一部かもしれない。ドキドキするような話になった。

良正のはなぜか後ろ足の臑《すね》の破片だと、自信満々で笑っている。恐竜にはどんな臑があるのだろう。

ヒナ子は人差し指くらいの小骨みたいなのを掘り当てた。けれど杉田のおにいさんの描いた恐竜の形は大きすぎて、それに当てはまりそうな部位がない。

明くる日、良正がヒナ子の家に本を抱えてやってきた。

「これを見れ」

良正はドサリと置いて頁を開いた。学校は春休みも図書館が開いており、彼は理科の図鑑を借りてきたのだ。そこに首の長い草食恐竜の絵があった。遠くの山が火を噴いている。恐竜たちは草原に群れて草を食べていた。

恐竜たちは首が物凄く長くて、高い空に首ばかりがもじゃもじゃともつれ合うようだった。何十本も黒い竜巻が立ったような眺めである。

ヒナ子は懐かしいような気持ちになった。

空高く、恐竜は神様みたいである。

手前に一匹の、ことに大きな恐竜がこっちを向いている。丸い小さな目が二つ。やあ、というふうに口が開いて、にこっと笑っていた。その目とヒナ子の目が合った。ばっちりと合ってしまったのだ。

「お父さん」

ヒナ子は思わずつぶやいた。

「何やて?」

良正がきょとんとした。

「恐竜がお父さん?」

「だって、あたし、そんな気がするもん」

ぎゃはははは。

良正は仰向けに転がって、畳を蹴って笑い出した。

「お前、何言うとるんや。恐竜がなして父ちゃんか。ヒナ子、頭がいかれとるんやないか」

「だって大きゅうてお父さんみたいで、それから、優しゅうて神様みたいやもん」

「こんな奴が神様か」

「だって、高い所から、あたしを見とらす(見ておられる)もん」

ひいひひひひ。良正は腹を抱えた。

「そんなら煙突も神様か」

良正は難題を言う。

「お前、煙突が父ちゃんか」

「……」

ヒナ子は説明に詰まった。

何て言えばいいのだろう。

良正の父親はちゃんと生きている。溶鉱炉で半日、火の中にいて針金みたいに痩せている。それで非番のときは、独りであぐらをかいて静かに酒を飲んでいる。

良正の父親はそこにいるから姿を変えることはない。

だが、ここにいない人間は何にでもなれるのだ。ヒナ子の父親は何にでも変身する。恐竜にでも、煙突にでも、何なら動物園のキリンにだってなれるのだ。いつかそのキリンに高い木の上から見おろされて、ヒナ子は胸がじんとなったことがある。

「ヒナ子の脳天壊了《ノーテンファイラー》!」

大人たちがよく使う言葉だ。

頭がばかになった。

良正の苦しそうな笑い声を聞いていると、ヒナ子の瞼にぼんやりとタマエの白い顔が浮かんできた。タマエちゃんなら、とふと思う。

あたしの言うこと、わかるやろうか。

あれからもうしばらく会っていない。

六

店のガラス戸に人影が射して、瀬高克美は裁ち台から顔を上げた。手元では鶴崎から請けた夫婦二人分の、合いのスーツの仮縫いが進んでいる。明後日《あさって》には二人が来るので克美は急いでいた。

「瀬高のおいさん……」

李少年の姿が戸の向こうにあった。ガラス一枚だから声はそのまま透る。またいつものように澄子からの伝言を命じられてきたのだろう。

「中に入ってこい。おれは忙しいんじゃ」

「そやけど荷物があるけん、ちょっとこっちに出てきて」

戸を細めに開けて、李少年が手招いた。克美は仕方なく握っていた躾針を置いて土間に下り、店の外へ出て行った。李少年は大人みたいな気弱な笑いを浮かべて、ぺこぺこ頭を下げる。

「荷物て何じゃ？」

店の表は銀杏《いちょう》並木の狭い舗装路で、李少年みたいに貧弱な銀杏の若木が植わっている。その三本先の銀杏のそばに女の影があった。

やられた。克美は瞬時に思った。

女がこっちを見た。久しぶりに見る澄子だった。長く放っておきすぎた。澄子の眼がじっと見つめている。

こうなるともう店の中へ戻ることはできない。

「おいさん、ごめん。断れんじゃった。おばさんとようと（よく）話してくれんね」

李少年は逃げ腰でそれだけ言うと、駈け去った。克美はうろたえた。澄子の立っている所は郵便局の表で、人が出入りしている。路傍で初めて見る澄子の様子は垢抜けて人目を引いた。

克美は澄子に背を向けると、黙ったまま舗装路を反対方向へと歩き出した。澄子が後を追ってくる。

五分も行くと、桃園球場前の小さな林が見えてきた。野球の試合がない日は閑散としている。克美は歩を緩めて澄子が追い着くのを待つと、やがて一緒に歩いた。ここなら誰に見咎《とが》められる心配もない。

「勝手に出てきて、誰に見られとるか危なかでしょう」

「見られて困るのは克美さんよね」

「あんたは困らんとですか」

「あたしはもう、どうなってもええの！」

言葉の終わりが涙声になって、澄子は着物の袖で眼を拭いた。これはまずい。克美は白い眼で盗み見た。

澄子はもう自分一人の胸に納めきれなくなっている。こういうときがくるのはわかっていたのに、為す術《すべ》もなく無為に流されてきてしまった。

澄子は今しも沈みかかっている船である。もう浸水が始まって、重すぎて、どうしてもこうしても、再び浮かび上がれない船のようだ。

「あたしをどこかへ連れていって」

「馬鹿言いんさい！　この齢の男と女が駆け落ちして行く所など、どこにもありゃせんたい」

これは克美の本音である。

「でもあたし、克美さんを待って、待ちくたびれて暮らすの、疲れたわ」

肩を寄せてくる澄子の体の重みが、克美にはうとましい。この女は自分が愛されていないことが何でわからないのかと、忌々しい。どんなに思い詰めても、世の中には覆せぬことがあるのだと、どうして気がつかないのだろう。

澄子がきっぱり思いを断てば、澄子自身はこれ以上苦しまずにすんで、深傷《ふかで》を負う心配も消えるのだ。そして旦那である高橋泰三の疑いの眼からも、解き放たれるというのに……。

それもこれも澄子の心一つで治まるのに、厄介な女だと克美は内心、溜息をつく。この世の人間関係の悶着はだいたいこんなものなのだ。できぬこと、成らぬことを願う人間の心が不幸を生み出す。澄子は克美の心変わりを悟らねばならない。

克美はそう澄子を罵る一方で、自分こそ鶴崎夫人と関係を保《も》ち続けようとすることが、これもできぬこと、成らぬことだとは思わない。鶴崎夫人も克美に心を惹かれている。だから当然二人の愛は必ず成ることなのである。

「あたしのことはもう頭にないのね」

そうだ、と答えたいが克美は口をつぐむ。

「踵《かかと》の高い靴を履いた、洒落た奥さんのことで頭がいっぱいなんでしょうが。北九州の町は狭かとよ」

鶴崎夫人のことを知っている。

克美はぎょっとなった。

「この時勢にテーラーでスーツを誂える人間が、そういるもんじゃないわ」

「店の客の、その奥さんのことまで、おれは知らん」

「高橋の服作りにきて、あたしに手を掛けた人がよう言いなさる」

澄子はひやりとした眼で言った。

「克美さんはあたしにしたように、その奥さんにも手を出したに違いなか」

克美はいらだった。チクチクと方向の定まらない迷い針が、克美を止むことなく刺し続ける。いつもこうだ。店に置いてきた鶴崎夫妻の仮縫いがちらついた。克美は足を止めた。林の中だった。もとよりひとけはない。

ぐいと澄子の体に手を伸ばした。

「紳士服の店はみな男客じゃ。客にはみんな一人ずつ奥さんというもんがおってじゃ（おられる）。それをいちいち疑われては商売はできまっせん」

克美は腕をまわして澄子の肩を抱いた。

「夫婦で店に来る客で、それだけのこと。おれを信じれば極楽、疑えば地獄じゃけん。それも澄子さんの心が作ることじゃ」

澄子は黙っていた。

「どっちがよかですか」

澄子はうつむいた。久しぶりに会う男の胸の温《ぬく》みだった。ずっと待ち焦がれていたものだ。心は体の中にある。体が溶けると、心も溶けていく。いいえ、そうじゃない、という自分の声がする。それを打ち消すように、澄子は眼を瞑る。

「近いうちに会いまっしょう」

珍しく克美の方から誘った。

「いつ頃がいいですか」

「……そうね。来月初めには、高橋が家に帰ると言うていたわ。本宅の奥さんの所よ」

高橋は本宅に帰った晩はそっちに泊まるという。

「わかりました」

「克美さん。あたし、信じてよかとね？」

澄子が見上げた。

林の向こうを通り過ぎる車の音が聞こえる。克美の耳はそれを追った。なぜか間遠く聞こえるのだ。あそこが現世というものだろうかと思う。そこではこの世の出来事は速く非情に過激に流れていく。もうしばらくここに身を潜めていたい。

克美はむしゃぶりついてくる澄子の唇を吸った。


月が代わると、八幡の山手に桜の霞がかかった。暖かい日が続いて花は八分咲きである。

そんな月初め、市内の小中学校の晴れ晴れしい入学式の光景も終わったある朝、店の表に高橋の黒塗りの車が停まった。仕事に取りかかったばかりの克美は、その車を見るなり硬直した。

澄子と会う約束をした当日だ。

江藤家の主《あるじ》の辰蔵が退院して、ミツ江は下宿屋の仕事から解放されると、また以前のように買物籠を提げてぶらぶらと出かけていく。今日はそれを見届けてから、克美は澄子の所へ行くつもりだった。高橋泰三の不在を狙って行くはずだったのに、その高橋の車がやってきたのである。

人の眼を盗むようなおこないをした者は、始終びくびくして暮らす。胸の鼓動を宥《なだ》めるようにガラス戸越しの車を見守っていると、高橋のでっぷりとした体が中から出てきた。戸を開けて出迎えるはずが、いつの間にか後ろへ退いていた。

「お早う。朝から急に何だが……」

高橋の声は腹から出てよく響く。社員へ訓示をし慣れた男の精気に満ちた声だ。

「じつはこれから、直方《のおがた》の家に帰るところだがね、瀬高さんにもし同行願えたら有り難いと思うんだが」

「わたしが社長のお供を？」

高橋の顔は普段と変わりない。

「直方の家には、わしの妻がいる」

「はあ」

と克美は高橋を見た。

「じつは家内は患っていてね」

と彼はこだわりのない表情で打ち明ける。

「長く床に就いているが、今度、親類に大事な寄りがあるんで、家内も出席せねばならなくなったんだ。しかし和服は病人の体を締め付けるんで、軽くて着やすい春物の洋服を一、二枚作ってもらおうかと思いついた」

「はい。手前でよろしければ喜んで」

克美は心の暗雲が晴れ、即答した。

「これから車に乗って出かけられるかな」

急なことらしい。高橋は腕時計を眺めた。

「わしは今日は向こうで用事がある。それで瀬高さん一人汽車で帰すのも何だから、今夜はうちに泊まって明朝、車で一緒に帰るのがいいと思うが、どうだろうね」

克美は汽車で一人で帰るほうが気楽だったが、高橋は泊まるように誘う。結局、断れずにミツ江に置き手紙をすると、採寸道具を持って家を出た。

微かに皮革の臭いの漂うこんな高級乗用車に、克美は生まれて初めて乗った。前の席は雇いの運転手が座り、克美は高橋と二人で後ろのクッションに腰を沈め、映画にでも紛れ込んだような気分だった。

車は商店街を抜け平野地区の製鐵所社宅通りを滑るように下った。道の両側の桜並木が、外車のボンネットに妖しい夢のように映る。この頃、車といえば戦後復興期の物流を担う貨物トラックがせいぜいだ。通行人がこちらを振り向いて眺めている。居心地が悪くなって克美は窓から顔を離した。

澄子との約束はこうして破れた。高橋が克美を本宅に連れていくことを、澄子は知っているだろうか。ずいぶん落胆しているに違いない。そのぶん克美はほっとする。会えばぐずぐずと恨み言や繰り言を聞かされる。ぐっしょり涙で濡れそぼった澄子の体と交わっても、苦しみこそあれ、性の悦びは得られない。

八幡の町を抜けると製鐵所の煙突群が消え、やがて田んぼの向こうに真っ黒い大きなぼた山が見えてくる。車は快調にエンジン音を響かせて、筑豊の産炭地に入っていく。黒い水の流れる遠賀川に出た。炭鉱の粉塵が流れ込むので真っ黒い色をしている。

製鉄の煙突の煙のせいで八幡の雀は黒いと言われるが、筑豊に来ると川の水も真っ黒だ。黒こそこの土地では色の王である。石炭は黒ダイヤと呼ばれる。遠くの山も墨で塗ったような黒だ。石炭ガラでできた巨大なぼた山を、初めて見たよそ者は吃驚する。

産炭地は八幡よりも景気が良い。八幡製鐵所は官営から始まった会社だが、筑豊炭田地帯では個人の炭鉱主たちが巨万の富を得た。それにあやかった「成金饅頭《なりきんまんじゅう》」なる銘菓もある。これから行く直方は、そんな炭鉱王たちが遊ぶ町でもある。

「わしの祖父は炭鉱主だったが、父は跡を継がず東京に出て弁護士になった。それで炭鉱はすぐ下の叔父が継いだ。それでわしは自分で稼ぐ道を考えた」

製鐵所の下請けは、その数、五百を下らない会社が鎬《しのぎ》を削っている。高橋は一番下から這い上がった。大した男なのだろう。しかしカネにも名声にも関心のない克美には、高橋の話は耳を通り抜けていく。

遠賀川の黒く太い蛇身のような流れに、ときどき橋が渡っている。何本目かの橋を過ぎて車は桜並木の続く町に入る。ここには製鐵所の長い城壁のような景観はないが、彼方に真っ黒いぼた山の塊がずらっと聳えている。見るからに黒い町である。山が黒いので全体に景色が黒である。家々の家並みの瓦に八幡にはない風格が漂っている。通りには老舗《しにせ》らしい茶舗や菓子処の店があった。

町の奥まった場所に高橋の本宅は建っていた。塀の中から植木屋の手が入ったばかりのような松の木が、緑の頭をくねくねと伸ばしている。祖父の代に建てたという屋敷の門を、車は通り抜ける。玄関の前に番頭らしい男と女中たちが五、六人ずらりと並んで出迎えた。

「白い馬に乗った爺さんが炭鉱から帰ってくると、この式台を上がって奥へ行ったそうだ」

家に上がりながら高橋が言う。

広い一間廊下が遠近法の見本のようにずうっと奥へ通っている。襖が開け放たれて中は続き部屋の大広間になっていた。時代劇の城中みたいに上段の間と下段の間がある。白い馬から下りた高橋の祖父は、この一段高い座にどっかと腰を下ろしたのだ。

人間一人が生きていくのに大層な仕掛けだ、と克美は思った。しかし、こういう家に住む者は、人間一人、ではない生き方をしているのだと思い直す。一人の人間でなく一戸の家単位で生きていく。そのためには跡継ぎの子どもがいる。子どもは死にやすいので多いほうがいい。妻が子なしなら、愛妾もつくらねばならない。

貧家に生まれて、多すぎる子どもの一人として、犬猫の仔みたいに追い出された克美は、今まで手ぶらで生きてきた。洋服の仕立て人は自分の技術のことだけ頭にあればいい。カネのないのも苦にならない。なければそれだけ生きやすい。手に技術をつけた職人は自由だ。

ただその克美の手ぶら人生にミツ江が影を射し始めた。着物。指輪。それにジャーマン・シェパードのジョンまで増えた。テーラーの店舗までそこそこ持つことができた。そういえばこの頃、妙に息苦しい。おれも縛られ始めているわけかと思う。

渡り廊下を通って離れにいく。高橋の本妻はそこに臥せっていた。車中では祖父のことなどを話したのに、妻については何も言わなかった。隔離されたような病室の雰囲気から、結核かもしれないと勘ぐった。

「気分はどうだ」

高橋は言いながら病人を見た。明るい座敷の庭に向いて布団が敷かれ、白い顔をした女が上半身を起こしていた。「テーラーの瀬高さんだ。婦人服もよう縫うてじゃ」

高橋は防備もなくしゃべる。克美はどきりとした。

「どうぞよろしく」

高橋の妻が細い声で挨拶をした。四十半ばになるだろうか。もう長く患っているようで、中年の女が持つ特有のアクがない。何だか蚕みたいに透きとおっている。克美はたじろいだ。こういう女にどう向かい合えばいいのかわからない。言葉も浮かばず頭を下げた。

齢や容貌などという世間の女が持つものが抜け落ちて、中味の魂だけがゆらゆらと動いているようだ。

「春物の柔らかい、そうだな、明るい色のワンピースがいい。ウエストを締めない、楽なデザインだな」

高橋が注文を出した。

「かしこまりました」

「それから、ワンピースの上にふわっと羽織る、同じ生地の薄物のジャケットもいるな」

病人は微笑んでいる。高橋は父親のようだった。いや、有能な保護者である。

「生地はどんなものをお考えで？」

克美は妻ではなく高橋に首を向ける。

「やはりシルクだろうね。軽いし、絹は体にいいんだ。体を包むと、昔から包帯になる、と言われるくらいだし」

高橋は病妻の着るものにこまごまと気を配る。今まで見えなかったこの男の半面が眼の前にある。克美は信じられない心地だった。それと同時にふと澄子に哀れを催した。彼女がこの高橋の言葉を聞いたら、どんな思いがするだろう。ここには澄子の入れぬ、夫婦だけの交情があるのだった。

高橋はついでにもう一着、同じようなワンピースを注文して、月末までに納めてくれるよう念を押した。

「はい。承りました。奥様の着心地の良いデザインを考えさせて戴きます」

門司のバイヤーが持っていたシルク・ジョーゼットの生地を、克美は思い出していた。あれを買い取ろう。直方も金持ちの集まる町だが、港で栄える門司も豪勢な花魁《おいらん》道中を出す土地である。モノはある所にはあるのだった。

「それでは採寸させて戴けますでしょうか」

克美が高橋の顔色を窺う。病人の体に触れなければ採寸はできない。高橋の妻というより、高橋の方に思わず声をかけていた。

「うむ、よろしく頼む」

何の躊躇もなく高橋が応じる。克美は鉛筆を右耳にはさんで、巻尺を手に病人の布団のそばへそっと膝を進めた。高橋の妻が寝間着の襟を直し、

「よろしくお願いします」

と言った。

「どうぞお楽になさいますよう。まずお背中から測らせて戴きます」

後ろ首の骨と両の肩胛骨の合わさるポイント、背中の基点に巻尺を当てて肩先へ引いていく。人の体温は見えない光輝のように発散している。体力のある人間はそれが熱く感じられるほどだが、体力のない人間はそれが弱い。人はみな熱を出して燃えている。しかし、高橋の妻の後ろ首には温もりというものがない。

こんな女の体もあるのだと克美は思う。

柔らかな絹の寝間着を透して、尖った肩の骨が克美の指に触れた。結核だろうか。静脈の浮いた細い手を見ると、リウマチなどを病んでいるふうにも見えなかった。

克美のような男は、女の体に触れれば必ず心が波立ってくる。波立たせる淡い電極のようなも

のが埋め込まれている。だが高橋の妻の体にはそれがない。性はほかならぬ眼にも見えない不可思議な電流だ。それを抜き取られた後の、ただ虚しく透きとおったカラの容《い》れ物に触れるようである。

「むさ苦しくして申し訳ありません」

病人の薄い胸が動いて克美に詫びた。

表面の体は脱ぎ捨てて女は魂だけになっている。そんな蜉蝣《かげろう》のような姿である。

「奥様。どうぞお気遣いなく」

克美は彼女の後ろ首から、背骨を滑り降りるように腰まで巻尺を伸ばす。しだいに部屋の静けさが身に刺さってくるようである。かたわらで高橋が病人の採寸の一部始終を見ている。克美の手の動きを余念なく眼で追い続けている。

「それでは奥様。仰向けにお休みになってください。スカート丈を測らせて戴きます」

克美が病人に声をかけると、どれ、とばかりに高橋が立ち上がり、妻の掛布団を剝いで寝間着の裾を整えてやる。それから青白い人形のような足を握って揃える。それがいかにも扱い慣れた、誰のものでもない高橋の人形というふうにも見えた。

克美は用意の手帳に寸法を記し終えると、

「お疲れさまでございました」

と頭を下げた。それから思わず息を吐いた。

日が暮れると克美は風呂に案内された。

高橋は屋敷の使用人たちと用談中らしく、奥の部屋に人の出入りする気配がある。風呂から上がると、女中に呼ばれて座敷に行った。膳が二つ出て、間もなく高橋もやってきて差し向かいに座った。

「手酌《てじゃく》でいこう。楽にして飲んでくれ」

高橋が自分の盃に徳利の酒を注ぎながら言った。

「病人相手に気骨が折れたでしょう」

とねぎらう。

「高橋様もさぞかしお大変でございましょう」

いやいや、と彼は笑って、

「わしが思うに、頭の上がらぬ女房には二つある……」

と盃を干して言った。

「気の強すぎる女房と、長患いの女房だ。どっちも夫婦喧嘩がやりにくい」

そうかもしれない。克美はうなずいた。

自分には恐妻のミツ江がいて、高橋にはあの病妻がいる。克美もとくとくと酒を注いだ。こんなふうに飲みながら高橋の話を聞くのは初めてだ。案外、情の厚い男かもしれないと思う。

そのとき。

「瀬高さん」

あらたまった高橋の低い声がした。こちらを見ている。

「澄子をどう思いますか」

「は」

耳の奥がじいーんとした。幻聴ではないか。一瞬そう思った。舌がもつれたようで口がきけなかった。高橋の表情は少しも変わっていない。

「いや、たいした意味じゃない。澄子は気がつく女で、それにあれでなかなか性質の良い女です」

「はあ」

「それでこっちへ来させようかと思うている」

「このお屋敷へですか」

「うむ。妻の看病をさせようかと思うとる。介護の手は女中が何人もいるで、大したことはない。ただ、女中の気遣いでは足りぬところを、澄子にさせようとな」

ああ。

克美は注ぎかけた徳利をぎごちなく置いた。やはり高橋は勘づいていたのだ。そうに違いない。澄子は罰を受ける。高橋を裏切った女として、彼の妻の使用人へと格下げされるのだ。

克美は痺《しび》れたように動けない。発覚の日がいつかくるのではないかと怖れていた。それがついにきたのだった。しかしこの場は何という静けさだ。高橋は怒鳴るでもなく、殴りかかるわけでもなく、盃を傾けている。その異様な空気が鋭い匕首の刃のように、克美の喉元に触れてくる。

いや待てよ。

克美は動きもならぬまま、こうも考えた。

澄子に制裁が下されるなら、高橋はなぜ自分にこうして美味い酒まで与えるのだろう。わざわざ病気の妻を克美と対面させて、洋服の注文までなぜ出そうとするのか。彼からすると唾棄《だき》すべき克美のような狡《ずる》い人間に、大事な妻の服を縫わせようとするのか。

やはり高橋は何も知らないのではないか。克美の思案は頼りなく振幅する。この男にとって澄子は元から使用人程度の存在だったのだろうか。そうだとすれば納得がいくが、澄子に哀れが増してくる。

「あの、澄子さんはこちらの奥様をご存じで？」

克美は恐る恐る顔を上げた。

「いや、あれは知らん。ここへも連れてきたことはない」

きっぱりと一線を画すように高橋は言う。

「その澄子さんを、こちらへ連れてこようと仰《おつしや》るとですか」

「うむ。澄子にこの話をして、来月にもここで妻に会わせようと思う」

澄子はその話を聞かされてどんなに驚くだろう。

「奥様は澄子さんがお気に入られるでしょうか」

「使用人に、気に入るも入らぬもない。家内も大勢の使用人を雇う家で育ったからな」

旧家の人間の特別な意識というものを、克美は初めて垣間見る。

「澄子の引っ越しは来月末辺りだろう」

ワンピースの納期は今月末だ。もしかしたらこれが高橋の最後の注文になるかもしれないと克美は胸に収める。

「さあ飲みなせえ。瀬高さん」

高橋が言った。

「この後は飯がくる」

そう言うとふらりと彼は立ち上がった。

「わしはもう疲れた。今夜は先に休ませてもらおう」


その夜は屋敷内の一室をあてがわれた。

どのくらい広い屋敷なのかわからない。夜のしじまの奥のどの方角からも物音というものも、人の声らしいものも響いてはこなかった。高橋はとうに寝に就いたのか、それとも病人と話でもしているのか、とにかく人間の気配のない屋敷である。

夜中、克美は胸苦しさに眼が覚めた。吐き気がある。酒は悪酔いするほど飲んではいない。酒の相手が高橋だったせいで緊張したのかもしれない。寝床を出て長い廊下を回り便所へ行った。広い、本間の四畳半ほどもある畳敷きの厠《かわや》で、伊万里焼の見事な唐草模様の陶製便器に、克美はしゃがんで吐いた。クエーッ、クエーッ、と怪鳥みたいな声が出た。吐いて楽になると、人心地がついた。

ふと克美は便器の穴に眼を凝らした。便槽の中が雪でも降ったように真っ白である。何だ、これは。まばゆい電灯の明かりに純白に輝いている。克美は膝立ちをして小便を流し込んだ。すると穴の底から、ふわふわふわふわふわーっと、柔らかな白いものが舞い上がってくる。覗き込むと細かな羽根だ。

どこかで聞いたことがある。筑豊の炭鉱主の豪邸では、厠の便槽に水鳥の羽毛を撒く家がある。汚物を覆い隠すのと、水の跳ね返りを防ぐためだ。陸鳥の羽根では水に浮かない。便槽の闇の中で、輝く粉雪のように羽毛は舞い続ける。眼が染まるように白かった。

こういう世界もあるのかと克美は思う。極楽は天上にある。地下には地獄がある。だが金持ちは家の地下にも極楽を設けているのである。そうか、そういうことなのか。克美は独りうなずいて厠を出ると、ひょろひょろと歩いて部屋に戻った。

寝床の中で、克美はふと昼間見た高橋の病妻を思い出した。その妻の手足を揃える高橋の姿も浮かんだ。すると高橋の極楽もまた儚い鳥の羽根のように、頼りなく飛び散っていくようである。

降りしきる白いものを脳裡に追いながら、克美は冷え冷えとした眠りに落ちていった。

翌日、朝食の膳は珍しい洋風の台所に案内された。真っ白いクロスの掛かったテーブルに、焼いたパンとバターが出た。泥を焦がしたような苦いコーヒーは、克美の舌を縮れさせた。高橋の姿はない。聞けばあの後、電話があってあわただしく会社へ出かけたという。

「どなたか偉い方がお亡くなりになったようです」

と白いエプロン姿の女給仕が言う。

「そんならご葬儀にお出でにならんといけんですね」

「ご葬儀どころか、まだご遺体が見つからんようでございますよ」

どこかで事故でも起きたようである。汽車か、車か、船か、高橋も詳細は知らされないまま、車であわてふためいて行ったという。出勤して情報を集めるのだ。死んだのはよほどの人物であるらしい。

来るときと違って、帰りは汽車になった。克美は高橋夫人へ挨拶するのは遠慮して、直方駅までの道を聞いて屋敷を出た。朝日が黒いぼた山を輝かせている。昭和二十七年四月十日の晴れた朝だった。

どんな名のある人物も死は避けられない。いかに業績を残し、世のために役立つ人物も、その恩典で死をまぬがれることはない。生きられるだけ生きて、死ぬときがきたら死ぬだけである。

しかしその、人間の短い生涯にわずかの快楽に溺れて、他人を欺く行為には制裁はないのか。偉い人物が不慮の死を遂げ、性欲の獣に堕した克美のような者にまだ当分の命がある。変な気分である。

駅に行くと間もなく汽車が来た。

克美が家に帰り着くと昼を少し過ぎていた。

昼間から珍しくラジオから急いたようなアナウンサーの声が流れ、ミツ江が座り込んで聴いていた。

どうやら、ラジオは遭難したもく星号が伊豆沖の海上に不時着した、というようなことを報じているようだった。克美は黙って台所へ行くと水を飲んだ。乗客全員は無事だったという。何度も同じ内容を繰り返していた。

もく星号というのは、前年十月に日本航空の発足第一号機として、華々しく喧伝された飛行機のことだった。

「ああ、よかった。ご無事じゃったか」

ミツ江がわがことのように胸を撫で下ろしている。

「誰が無事じゃったとか」

「製鐵所の三鬼《みき》さんよ！　生きておられたんやて。大事なお人じゃもん」

この町で製鐵所の三鬼さんといって通るのは、八幡製鐵社長の三鬼隆しかいない。三鬼は釜石鉱山を振り出しに、昭和九年、八幡製鐵所、釜石鉱山、三菱製鐵、輪西製鐵、富士製鋼、九州製鋼の一所五社が合併した日本製鐵に入り、敗戦の翌年、国家再建の要である日本製鐵社長に就任した。

その後、経済力の一ヶ所集中を排除するＧＨＱの方針で、会社が涙を呑んで分割されると、三鬼は八幡製鐵初代社長としての任を背負って経営手腕を振るった。頭は切れるが性質は温厚、調和を尊ぶ人物で業界の内外にまで人望がある。

ミツ江の聴いたニュースによると、さすがに飛行機に乗る人物はそうそうたる顔ぶれで、三鬼のほかにも何でも日立製作所や石川島重工などの重役に、炭鉱主や、司会・漫談家の大辻司郎だの、三十四人の客が乗っていた。

「やれやれ。そんならあたし、買物に行ってくるわ」

ミツ江はこれで大丈夫という顔で、買物籠を提げて出ていった。どうせ買物はそこそこに、江藤の家に寄って遊んで帰ってくるのである。

克美は服を脱ぐと、一人、冷や酒を注いであぐらをかいた。事故の詳しい模様は新聞の夕刊に出るだろうが、あいにく克美が取っているのは地方紙の朝刊だけだ。二杯目の酒を注いで口に含んだ。

さて自分はどうすればいいのだろう。

とにかく澄子は来月いっぱいで直方へ行くことになる。鶴崎夫人とのことを考えれば思ってもない成り行きだが、それどころではないかもしれない。

克美は粛然として自分の骨張った首を撫でた。この後もこの首がつながっているだろうか。克美はだんだん高橋がそれほど寛容な人間とも思えなくなっていく。


夜である。台所の片付けもとうにすんで、ミツ江と緑はラジオのスイッチを入れると神妙に座り込んだ。何事かと聞くと、『君の名は』という恋愛ドラマの放送が始まったのだという。空襲の場面で偶然出会った二人が、運命の糸に手繰られていくような話らしい。前評判が高いようで、今日はその一回目が始まってミツ江と緑の女二人、ラジオに聴き入っている。

克美は立ち上がった。

他人の恋愛は馬鹿らしく、自分のそれは切実である。

「風呂に行ってくる」

手拭いに石鹸箱をくるんで、ふらりと家を出た。今夜は銭湯の灯が妙に恋しくなったのである。

道々、軒の重なった小路の窓明かりがこぼれる道を踏んで歩いた。どこの家もラジオは同じドラマを流している。

それがふとやんだ。


もく星号墜落のニュースをお知らせします。

きのう九日朝、東京、羽田空港出発後に、まもなく消息を絶った東京—大阪—福岡行き、日航定期旅客機「もく星号」の捜索は、日航、航空庁、米空軍協力のもとにおこなわれていましたところ、十日午前八時三十四分、日航捜索機「てんおう星号」が、伊豆大島三原山噴火口の東側約一キロの地点に墜落した「もく星号」の機体の残骸を発見。翼の赤い日の丸を確認しました。

遭難機の乗客三十四名と乗員三名全員死亡。生存者はありません。亡くなった方々の名前を発表します。天利義昌氏。西尾善作氏。瀬口義夫氏。穴吹春雄氏。中段賢三氏。山城敏夫氏。上遠野宏氏。森直次氏。三鬼隆氏……。

克美は明かりを背に路地に立っていた。

全員生存は誤報だったのだ。

この頃、航空管制はアメリカ軍が埼玉県のジョンソン基地でおこなっていた。墜落機の機長も副操縦士も、航空管制官もアメリカ人で、事故調査も米軍の統制下におこなわれて、情報が未確認のまま入り乱れたのだ。

広い表の道に出ると、克美の眼に八幡製鐵所の大きな影が、黒々と連なっているのが映った。今夜もその中で鉄の火が燃えて、夜空に火映が現れた。そこから今しも一つの魂が飛び立ったような気がした。

直方から帰ると、瀬高克美はそそくさと仕事を始めた。高橋の病妻の服を仕立てねばならない。今朝、ジョンの散歩に出かけた桃園球場のそばの公園では、桜が七分咲きの霞を連ねていた。洋服は季節を先取りするので、服の色は新緑の陽光に映えるものがいい。克美は昨日、門司の舶来生地屋に行って、淡いグリーンのサテン地を買ってきた。

ワンピースとジャケットのデザインを決めると、すぐ型紙を起こした。掌で握るとあわあわと溶けるような柔らかい風合いの布地に、高橋の妻の薄い蜉蝣のような身体が、前身頃、後ろ身頃と切り分けて置かれる。

男物の型紙と違い、女物のそれは肩幅も胸幅も細く小さく、克美のような男はただそんな机上の紙型にも、女のトルソォを包む容れ物として、愛おしさを感じる。だがこうして作った服に、高橋の病妻は何度、手を通すことができるだろうか。

そう思えば澄子のような女をカネで囲う高橋に、腹立ちを覚えてくる。しかしそのカネで買われた澄子から、平然と鶴崎夫人に乗り換えた自分自身の冷酷さに気がつくことはない。

昼少し前。

店のガラス戸がカタリと開いた。

躾糸をかけている手を止めて克美が見上げると、大きな人影が店の中にのっそりと入ってきた。老人であった。だがその年寄りの放つ、何か風圧のようなものに押された。何者。

「おいでなさいまし」

身なりはむしろ質素である。テーラーには不似合いだ。色のさめた開襟シャツに、くたびれたズボン姿。鳥打ち帽の下の頬骨の張った顔に、白々と霜を載せたようなヒゲの剃り跡。

一瞬、克美は小糸親方の幻を見た。彼の場合、畏怖を感じる相手は常に、広島の閃光で命を落とした親方に重なる。老人の背丈は向かい合った克美の頭より、拳《こぶし》二つほども高い。しかし小糸親方よりも一回り以上も年上のようだった。老人は帽子を取ると、無骨に挨拶をした。

人づてに克美の店のことを知って、訪ねてきたという。

「それはそれは。わざわざお運び戴いて有り難うございます。それで本日はどのようなスーツをご用命で?」

「喪服を一着。それも急ぎますんでな」

ということは葬式が迫っているということか。高橋の妻の服が裁ち台の上にある。場合によっては順番を入れ替えてもいい。

「一週間くらいでできますか」

老人の声は重い。沈鬱な顔だ。葬儀のことが頭を占めているのだろう。

「よろしゅうございます。それではすぐにも生地を選んで、明後日には仮縫いをさせて戴きましょう。十八、九日までにはお届けに上がれるよう急ぎます」

「何分《なにぶん》よろしゅう」

老人はうなずいた。

「よか齢をして喪服の支度が間に合わんとは恥ずかしかことだが、ここんところ少し肉が落ちましてな」

「それはいけんですな。どうぞお任せください。お体にぴたっと合うようお仕立ていたします」

老人は痩せたと言うが、克美の見る限り筋肉質の、年寄りには珍しい頑丈そうな体躯である。言葉つきにも肉体労働をする男の素朴な雰囲気があるが、それにしてはどことなく威厳も漂う。

克美は顧客ノートを出して名前と住所を聞いた。それから採寸に取りかかることにする。

田中熊吉。

克美はビクンと眉を上げた。

所は八幡市槻田《つきだ》町。老人は淡々と言う。

ちびた鉛筆を動かしながら克美の手が震えだした。槻田は八幡に住む人間なら知らぬ者はない、八幡製鐵の上級社員の社宅区だ。書き終えると克美はもう一度、老人を仰ぎ見た。

眼鏡越しにも、老人の左眼の瞼が抉れるように陥没している。煮え滾る鉄の火を扱う仕事は、眼を焼かれやすいという。田中熊吉の隻眼《せきがん》は有名だった。高炉の神様の証でもある。

「ただ今、服地の見本をお出ししますけん」

克美が言うと、老人は軽く手を振り、

「いや、任せます。普通でよかですたい。製鐵所の職工ですけん、上等は似合わんと。ただ大事な方の葬儀に合うた、それなりの服ばいります」

三鬼社長の葬儀に出るのだ。

「かしこまりました。心をこめてお作りします。そんなら採寸ばさせて戴きます。こちらへ」

克美の店に高炉の神が現れたのだ。

恭《うやうや》しく奥へ案内して、老人を鏡の前に立たせる。

天皇にも畏敬の念の薄い男が、なぜか高炉の神の威光には雷に打たれたように硬直する。克美の中では広島でピカに当たって死んだ小糸親方と、背中に炎を負った不動明王と、鉄を溶かす高炉の火を手繰る田中熊吉は、奇妙な糸でつながっている。

克美は田中老人の背後にまわると、後ろ首の第七頸椎《けいつい》の下の基点に巻尺を当てた。そこからするすると左肩の上を滑らせて、肩先まで測る。年寄りながらむっくりとついた首の肉、盛り上がった肩の厚み。高炉の火夫として猛火の出銑口《しゅつせんぐち》でハンマーを振るい続けた半生が浮かび上がる。

八幡製鐵所の宿老《しゅくろう》は定年のない名誉職らしい。

いったい彼は何歳くらいなのだろう。長年、客の身体を見てきた克美の眼には、七十代前半に映ったが、あるいはもっと上かもしれなかった。底の見えない池に似ている。

仮縫いにはまた店にきてもらう。納品は克美が槻田の社宅へ持っていく。いずれにしても二十日過ぎには、八幡製鐵の現役社長だった人物の、前代未聞の大きな葬儀がどこかでおこなわれるのだろう。

克美は表の道まで老人を見送って最敬礼をした。

高炉の神は製鐵西門前から電車に乗るため、祇園町商店街を徒歩でゆっくりと下っていった。

夕方、ミツ江はいつものように江藤家で遊んで、買物籠を提げて帰ってくる。

昨日は裁ち台に眼にも鮮やかな婦人服地が載っていたので、ミツ江の眼が鋭くなった。この服は得意先の高橋社長の病妻のものだと、直方の高橋邸で見た様を話して聞かせたが、眉尻はキッと上がったままである。

この頃、克美にはミツ江の顔は狐に見える。というより本当にときどきメスの狐とミツ江の顔が、時代劇の化け猫映画みたいに二重写しに眼に映るときがある。

昨夜などミシンに向かっていると、ミツ江が後ろから覗いているのだが、振り返ると狐の顔を見てしまいそうでゾッとして動けなかった。それというのも最近のミツ江は、姉のサトについて菅生の滝によく拝みに行っているようなのだ。

あそこには人に憑く狐がいると年寄りが話している。

自分の女房が狐を背負って帰ってきているようで、克美は気味が悪くなった。

「あら、今日は美しか奥さんの服は縫わんとね？」

ミツ江の口から出る言葉のすべてに針が仕込んである。

「ああ。製鐵所の社長さんが亡《の》うなったき、忙しいなったんじゃあ。葬式の喪服を頼まれた」

「あちゃ。そりゃ大事《おおごと》や。三鬼さんのお葬式かいの。そいで喪服の注文はどなたやの？」

克美は黙った。田中熊吉の名前を出せばミツ江のことだから、得意になって江藤家で吹聴《ふいちょう》するに違いない。あそこの下宿人は製鐵所の職工たちである。しかしそれよりも問題は、入れ墨の博《ばく》徒《と》も出入りしていることである。高炉の神の来店の噂をそんな所に流すことはできない。

「なに、下請け会社の社長さんじゃき」

やがて緑も学校から帰ってきた。

夕飯の支度を手伝わせながら、ミツ江が緑からいろいろ聞き出そうとする。

「緑や。もく星号のこと、友達の家では何か言うてなかったか？　明治学園の子だちの親は起業家も多かけんなあ。何か知っておるかもしれん。誰ぞに飛行機が狙われたとじゃなかか？　事故の報道があんなに一転二転して、怪しかもん」

「学校じゃ何も聞いてないけど」

緑は首を横に振る。克美が仕事場で聞きつけて、台所へやってきた。

「ミツ江。よけいな推量を関係のない者がすることはなか。米軍基地や八幡製鐵所が、しがないわしらと何の関わりがあろうか！」

ミツ江は黙ってぷいとふくれた。

もく星号の遭難者は全員無事と、一度は地方紙にも載ったくらいだ。それが一転して、全員三原山に墜落死となったのはどういうことか。いかにアメリカ軍に統括されている敗戦国の航空事情とはいえ、まことしやかな怪情報に新聞やラジオが翻弄された二日間だった。

全員死亡の報が流れた十日は、三鬼隆がかねて待ち望み、暴風雨を突いて羽田を発った四製鋼の出鋼式典の当日だった。結局、晴れの式典の挨拶は三鬼社長の悲報とともに述べられた。

やがて食卓に夕飯の魚の煮付けなどが並ぶ。もう少し早く江藤家を出ると魚屋にもましな切り身があるのだが、遅くなった店先にはろくな魚は残っていない。ミツ江の心がどんどん家事から離れていくのを克美は感じる。

食事が終わってミツ江と緑が流しで片付けを始めた頃、まだ灯を点けていた店の戸口で人の声がした。

「瀬高さん、おいでかね」

もう表はとっぷり日が暮れていた。隣町で質店を営む家主の権田恒三の声である。家賃は毎月ミツ江が持っていくので、権田がこれまで克美の店に訪れたことはない。

「玄関先じゃすまん話ですき」

暗い顔で権田が言う。奥に通してミツ江がお茶を出した。克美は膝を揃えて座った。

「日頃はお世話になっとります」

「そう言われるとよけい話しにくうなりますが、じつはこの店を立ち退いて貰わねばならんとです」

いきなりとんでもない話になった。

ミツ江はしらっとした顔で、

「そりゃまたどうして？　土地に地割れでも見つかったとですか。裏の壁に罅《ひび》でもできたとですか」

　と受け流す。

「いやいや。それが申し訳ないことやけど、ここの土地を売らねばならんことができましてな。身内に少しばかりカネを工面してやらねばならんごとなりまして」

　権田の親類が商売でしくじって、少しまとまったおカネを貸してやらねばならなくなったという。

「そんなことば言われても、こっちも事情がありますけん」

　と克美は肩をそびやかした。

「それはようわかりますが、あたしの方も大事な身内の一大事ですたい。放っとけば一家心中させることになるかもしれん。ここは察してもらえんじゃろかと……」

　幸い土地と建物込みで買い手があるらしい。狭い土地と古い家屋は、買い手が出たときが売り時である。権田は哀れを誘うように湿っぽい声になった。

「あたしもこの齢になると、若い者に世話にならねばならんときがきますけん。それが難儀に遭うていると聞いたら、見過ごすことはできまっせん」

「出ていく期限はいつですか」

「ひと月後では」

「そりゃ無理じゃあ」

「ひと月半」

権田は少し後ずさる。何しろ尻に火が付いている状態なので、これ以上は延ばせないと言う。

借家の契約更新は来年の秋だった。克美はそのときはまた更新するつもりでいたのである。

「こっちの勝手な言い分なんで、違約金と、それに引っ越しの費用などもちっとばかりつけさせて貰いますけん」

降って湧いた災難だ。

見ろ、他人の不幸を見物している暇などないではないか。人間の世界は一寸先に何が起こるかわからない。克美は内心でミツ江を罵った。

「引っ越し先については、あたしも知り合いがおりますけん、適当な貸店舗が市内にないか気をつけてみます」

権田が提案をする。

克美とミツ江は言葉もなく顔を見合わせた。

店の移転先の思案も必要だが、その前にとにかく田中熊吉の喪服を急がねばならなかった。

田中老人は約束の日にまたやってきて、仮縫いの袖に手を通した。気になる補正もほとんどない。何しろ身体に妙なクセがない。

体格が良いので、黒い喪服に身を包むと老人は静かな巌《いわお》のようだった。

田中熊吉が帰ると克美はミシンを踏んだ。

ラジオのニュースが三鬼隆の社葬を報じていた。

四月二十二日、午後二時から八幡の大谷広場でおこなわれるという。当日は一般市民の焼香台も設置されるので、広場から中央町電停の辺りは人で埋まるだろう。克美の脳裡に白黒フィルムのような人の波が映る。

東京ではそれに先駆けて明日十五日に、故人の本葬が築地《つきじ》の本願寺で催されるという。弔辞は時の総理大臣吉田茂で、戦前戦後を通して歴史に残る大葬儀になるだろうと、アナウンサーがうわずった声でしゃべっている。

戦時下からこの巨大な、東洋一の製鐵所を死守してきた男。敗戦国の焦土に、鉄でもって国体を立て直そうとした男の生涯を、克美はミシンの糸目を睨みながら考える。

人間とは何と大きくも、小さくも、生きることができるのだろう。

人それぞれの人生の振幅は、各々の生まれつき持った魂の器というようなものの容量によるものか。

克美が起業祭で見た巨大な灼熱の鉄の川も、今このミシンの糸の送り台の流れも、精巧な機械の動きによるものである。そこにどれほどの差があるというのか。

いや、この彼我《ひが》の差は激しいと克美は思う。

人間はこうも異なった魂を持ち、果敢にも、怯懦《きょうだ》にも、誇り高くも、卑しくも、生き分けることができる。体は一つだが、その内にある魂は千変万化の動きをするのである。

自分はこれからどのように生きて死ぬのだろう。

ふと克美は思う。

自分という人間の得体が知れない。

いつしかラジオの声が耳の中から消えていくと、ミシンの響きの中に鶴崎夫人の息づかいが混じってきた。夫人を抱いたときの、二匹の蚕が合わさったような紅唇《こうしん》から漏れてくる、あの喘《あえ》ぎだ。

逢いたい。

克美は胸が絞られるように思った。

結局、克美の日々を流れる様々な思惑は、田中熊吉の喪服や高橋の病妻の服の仕立ても、最近のミツ江が狐憑きに似てきていることも、終《しま》いには鶴崎夫人の雪のような乳房や、露を含んだワギナに収斂《しゅうれん》してゆく。

何という男であるか。

克美はミシンの前でしだいに胸が焼けていく。

七

期日通りに田中熊吉の喪服は仕上がった。

昼下がり、克美は電車に乗り槻田の社宅へ納めにいった。その家は庭に少しばかり盆栽が並んでいるだけの簡素なものだった。

田中老人は非番で妻とお茶を飲んでいた。

夫婦に子どもはなく、家に上がると夫婦二人の暮らしは静かだった。老人が喪服を着てみせると、妻が傍らで見上げて、うなずく。

「よかですたい。前から見ても後ろから見てもよか」

「亡《の》うなった社長に、恥ずかしゅうなかか」

「はい」

夫婦間に余念のない者たちの会話は穏やかだ。

ふと克美は胸に清水が流れるような心地がした。

四月二十二日。

八幡の大谷広場でおこなわれた三鬼隆の社葬には、五百基を超す弔花が並び、一千名におよぶ各界の弔問客が天幕の下に列席した。

日蓮宗の読経の見えない波間に、人、人、人、人の顔が浮かんだ。香華の煙はこの日、大谷広場の上空を極楽かはたまた地獄か、この世ならずの靄《もや》か霞のように覆って、遠く辺りの商店街からも見えたという。

午後三時半からの一般焼香には、順番を待つ市民の列が数百メートルも続いた。その中に赤い小さな数珠を握ったヒナ子が、祖母のサトにくっついて並んでいた。サトの前にはミツ江がいて、下宿業の江藤辰蔵も今日ばかりは着流しを脱いで、喪服に改めていた。

その日も克美は仕事場にいた。

高橋の妻のワンピースとジャケットが待っている。裁ち台の上にはシルク・ジョーゼットの女物の身頃が、躾糸が付いたまま置かれている。彼は思案にくれていた。服の仮縫いは必要ないと、高橋は言い置いていた。

しかし、ギャザーをたっぷり取ったゆとりのあるデザインではあるが、病人が着るものだ。なにしろ直方の屋敷では、採寸のときでさえ病人は寝たままだった。

そのぶん克美は緩みの多いデザインにしたのだが、はたして病人が外出の際にあの容体で満足に歩けるものだろうか。歩けたとしても、誰かそばで脇を支えるなどの介助がいるのではないか。

寝たままの病人の身体を採寸して、それで不都合はないか。高橋に連れて行かれた屋敷でああいう病人を見て、克美の気持ちはだいぶうわずっていた。それで今頃になって気になってきたのである。

高橋に連絡を取って相談したかったが、八幡の屋敷に行くと澄子が出る。いつかの澄子の思い詰めた顔が克美の眼に蘇る。克美は病人の服の心配より、澄子と言葉を交わす鬱陶しさに屋敷へ行こうとする気持ちがひるんだ。

澄子とは桃園球場前で話して以来だ。林の小道で嫌々ながらも澄子を抱いた。言い募る彼女を黙らせた。あれ以来、放りっぱなしである。澄子は続きを待っている。高橋の八幡の屋敷は鬼門《きもん》だ。

克美はほかに高橋と連絡を取る方法を知らない。

克美は裁ち台を離れると、外へ出た。通りの向こうにトラック屋がある。今でいう運送屋で、当時には珍しい大型トラックが表に停まっていた。たまにそこの事務室の電話を借りることがあった。事務員はいなくて、ここの親爺が座っている。挨拶して柱に掛かった電話機のそばへ行くと、交換手を呼び出した。

高橋の屋敷の番号を伝える。回線がつながる間に澄子の顔を思い出すと気が重くなった。電話はなかなかつながらなかった。やっと女の声がして身を乗り出すと、交換手の声がした。

「この番号のお宅はございません」

「……どういうことですか」

「もう切られておいでです」

「ということは使われてないわけですか」

「はい」

ということは八幡の家は空き家になっているのだろうか。いきなり見知らぬ荒れ野に立たされたような気分がした。

そういえばあの日、高橋は病気の妻の看護に澄子を使う話をしていた。澄子を直方の本宅に移らせて、妻のそばに置くような口ぶりだった。まさかもう澄子は直方へやらされてしまったのだろうか。

そうなるとすべては克美を外して、思いがけない所まで流れていったことになる。電話を解約して妾宅を手放したとすると、高橋はその後どこに住んでいるのだろう。直方の本宅からこっちの会社に通ってきているのだろうか。

だがそれより克美が気になるのは、澄子からも高橋からも連絡がまるできていないことである。澄子はともかくとして、妻の服をオーダーした高橋が連絡を忘れるはずはない。それともよほど忙しいのだろうか。

克美は店に戻った。

とにかく注文の服を縫い上げてしまうことにした。高橋の家では何か、連絡をする余裕もない状況が起きたのかもしれない。まさか妻の病気が悪くなったのだろうか。いやいや、それなら服のこともあるのでやはり連絡があるだろう。

克美はミシンの椅子から腰を上げて、自転車でひとっ走り高橋の妾宅へ行ってみたい衝動に駆り立てられるが、思いとどまった。電話のつながらない家に行ったところで、何がわかるだろう。澄子が出てくるとも思えないし、表札が残っていたとしても、外されていたとしても、それをただ眺めて帰ってくるだけである。

思い直して高橋の妻のワンピースの身頃を、ミシンの台上に載せる。ミシン針を下ろして踏み板を漕ぎ始めると、女性の身体のカーブを描きながら、ミシンの送り板からカタカタと布が繰り出されてくる。

克美はミシンを掛けていると、過ぎゆく時間をなまなましく感じることがある。一秒に何針進むのかわからないが、針目を元に戻すことはできない。その針目の糸の間に、親方の眼を盗んでミツ江を押し倒した克美がいる。カタカタカタとミシンが時を刻んでいく。

その間にも、原爆投下前の広島を手に手を取って逃げ出した二人がいる。やがて澄子の体が、そして鶴崎夫人の体が克美の前に崩れ落ちる。

高橋が勘づいていると李少年は言っていた。鶴崎の方はどうなのだろうか。克美はいつもびくびくしている。布は克美の罪状のように吐き出されてくる。

家主の権田は代わりの引っ越し先を見つけてくれそうな話だったが、一向にその気配はなく半月余りも過ぎていた。痺れを切らしたミツ江が火の玉みたいに怒って、権田の質店に押しかけていくと、幸いにも数日後に八幡の中央町から少し東へ行った荒生田に手頃な家が見つかった。

「ただいま」

と仕事場に入ってきたミツ江の顔は、久しぶりに晴れていた。代替の家は、年寄り夫婦が長く煙草と雑貨を商っていたという。それが廃業したもので、克美の仕事場もできそうである。

克美もミツ江がいいと言うなら不足はない。八幡の町の事情はミツ江の方が詳しかった。電車の停留所に遠過ぎなければ客も足を運びやすく、ミツ江も買物その他で助かるというものだ。

「そりゃよかった」

克美は手を止めると、眼鏡を外してうなずいた。

「荒生田の辺りはね、製鐵所の社員住宅に近かで、客も増えると思うわ。ここは職工のアパートやら社宅ばっかりたい。店の移転は願うてもなかったことかもしれんわ」

ミツ江はそう言うと上機嫌で台所へ行った。

克美は忙しくなった。

引っ越し前に高橋の妻の服を仕上げて、直方の屋敷へ持っていくことにした。克美の店が引っ越せば、今度は高橋がこちらに電話をかけてきてもつながらなくなるからだ。向こうからは依然として、まだ何も連絡はない。

やはり病人の容体が良くないのではないか。

それで高橋も澄子も連絡どころではないのかもしれない。

だが高橋の方の事情はともかく、高価な生地と仕立て代のかかった病妻の服は、引き取って貰わねばならない。

克美は一週間ほど仕事場に籠もりきりで服を縫い上げた。糸屑を払い仕上げのアイロンを当てて、時計を見ると昼前だった。今から直方へ行けば夕方には帰ってこられる。高橋が不在であっても、屋敷には病人と女中たちがいるはずだ。

その気になると支度は早かった。昼飯も食べず、すぐ着替えると、でき上がったばかりの美しい女物の服を丁寧に包んだ。それから家を出た。

八幡駅へ行くと直方行きの汽車に乗った。

車窓から見えるのは、高橋の車の中から見た景色とは途中また少し違った。線路伝いには、八幡製鐵所の黒い工場と煙突が長い城塞になって連なっている。煙の下をかい潜るように鉄路は筑豊の古い町へと走った。

駅を降りると、町並の空に幾つも鯉幟《こいのぼり》が泳いでいた。旧家の多い通りを行くと、職工の町の八幡と違い、直方の鯉幟は軒並み大きかった。それを眺めながら歩くうち、見覚えのある屋敷の門前に着いた。

「高橋」の表札はあのときのままである。

やはり本宅は揺るぎない。克美は何となくほっとする。

ただ今日は門が閉まっていた。脇の潜り戸へ寄って行って、閂《かんぬき》を動かした。しかし閉まっていて動かない。仕方なく遠慮気味に戸を叩いてみた。だがその音は広い邸内に届くとも思えず、今度はガタガタと強く叩いた。

「高橋さん。高橋さん」

声を上げて叩いた。

何人も女中がいたはずで、それがみんな出払っているはずはない。手を止めては耳を澄まし、それからまた声を上げて呼び続ける。しかし一向に人が出てくる気配はなかった。克美はしだいに胸騒ぎを覚えてきた。

この屋敷は無人かもしれない。

ということは、高橋の妻が死にでもしたのではなかろうか。しかし、それにしても雇い人がすべていなくなるのはおかしくはないか。

「もしもし。どうかしござったとですか？」

背後で声がしたので振り返ると、通りがかりの買物籠を提げた女が立ち止まっていた。

「ああ。こちらのお屋敷は、どなたもおいでにならんとでしょうか。用があってお訪ねしたんで、困っちょります」

「そりゃお気の毒に。ここんお宅は奥様がご病気でな、どこか田舎の方に女中さんだちもみんな一緒に帰られたちゅう話ですたい」

それで少しほっとした。高橋の妻は死んだわけではないようだ。

「田舎ちゅうのはどこですか」

「そりゃ知りまっせん。奥さんの田舎ですけに。旦那さんの田舎はここよりほかはなかけどな」

「旦那さんも一緒に行きなさったんか？」

「さあ。そこまでは、あたしゃ知りまっせん」

女はそそくさとまた歩き出した。

克美は塀から覗く植木の松の枝振りを眺めた。こないだ見たときのままに手入れされている枝葉が今は逆に寒々しい。この家に何があったのだろうか。

克美は閉ざされた門の脇の石に、服の包みを抱えたまま座り込んだ。自転車の郵便配達が怪訝《けげん》そうに見ながら走り去っていく。克美はもう立ち上がるのも億劫《おっくう》になった。しばらく無人の屋敷の門扉にもたれて茫然としていた。何もかもわからないことだらけである。

どのくらい門の前にいただろうか。

やがて立ち上がると駅に戻る道を歩き出した。

駅に着くと、近くに一軒の小さな飲食店が眼についた。腹が空いていたので中に入ると、何人か炭鉱夫のような男が、てんでに席を取って昼酒を飲んでいる。

克美は隅の席に腰かけて、おでんの大根とキャベツと餅入りの巾着を取った。握り飯を注文するはずが、思い立って冷やを一杯頼んだ。一合枡になみなみと入った酒が零れて、受け皿にたっぷりと溜まっている。枡から溢れた酒がサービスだ。

克美は口を枡の縁に運んで、一気に酒を啜《すす》った。酒はいいものだ。傷口を包み込むように、頭の奥がじいんと心地よく痺れてくる。さっき見てきた高橋の屋敷の門がゆっくり傾いた。克美の眼はわずかに血走っていた。飲んでいる間この世の時間は止まるのである。高橋の顔が遠のいていく。屋敷も後ずさっていく。

日が暮れてくると、客が増え始めた。どやどやと甲高《かんだか》い話し声を響かせて仕事帰りらしい男たちが入ってくる。克美はカネを払って店を出た。

駅に行くと八幡行きの汽車が出るところで、それに乗り込んだ。空はどんどん暮れていき、八幡駅に着く頃には真っ暗だった。

駅から月のない夜道を克美はひょろひょろと、尾倉《おぐら》町の長い坂を上って行った。祇園町商店街よりもこっちの方が道が広く、人家も少ない。小糸山公園を左手に見て上ると、右手には市立病院の黒い影が玄関の灯をぼんやり点けていた。

この辺りでは終戦直前の八幡大空襲で、防空壕に逃げ込んだ三百余人が蒸し焼きの状態で命を落とした。そのため今でも付近では人魂《ひとだま》が出るという噂があり、夜は人通りが絶えてしまう。

市立病院を通り越した暗がりの途中で、克美はばらばらっと駈け寄ってくる足音を聞いた。立ち止まると三人の黒い影に囲まれていた。中の一人がいきなり飛び込んで克美に向かい拳を振った。頬にカッと火を当てられたような衝撃を覚えた。

何をするんか！

しかし声にはならなかった。いきなり頭がかしいで、ぼやけた夜空がグルッと回った。眼鏡が飛んでよく見えない。後頭部を打たれて地面に仰向けになった。三人の男が克美の顔を覗き込んだ。その顔は影に呑まれていた。

殺すなよ。一人が言った。半殺しでやめとけ。

そんな声が飛ぶ。

「どや。ムスコを取ってしまうか！」

もう一人が言った。

「急所はやめとけ。死ぬかもしれん」

「しかし制裁じゃっど」

いかん、いかん、止める声がする。

倒れたまま克美の脳がスッと覚めた。

こいつらはカネ目当てではない。行きずりの暴漢とは違う。はっきりと目的のある男たちだ。高橋！　と思った。そうか。あんたか。これがあんたの本心か。

ひ、卑怯な奴。……他人の妻妾を盗んだ男が、当の盗られた相手を罵りだす。くそっ、くそっ、高橋。克美は罵りながら殴られ続ける。頬がはじけ飛んだ。一人が足を高く上げて、克美の腹めがけて踏み込んだ。うぐっ、と奇妙な声が出た。

それから腹といわず、胸といわず、体を蹴転がして今度は後頭部を背を腰を足を、蹴りつけられる。もう痛みはない。全身火だるまの感覚に包まれる。ボコッ、ボコッ、と肉を打つ音が遠く聞こえていたが、いつの間にかそれも消えていった。静かだ。

これが死ぬということかと思った……。

「ヒナ子、早よ起きよ。眼ば覚ませ」

耳元で声がする。

「お母さんが始まったど！」

ヒナ子はパッと眼を開けた。祖母のサトの大きな顔が覗き込んでいる。掛布団を剝がされた。

「産婆さんば呼んできちょくれ！　もうすぐ嬰児《やや》が生まれそうやど」

井戸端で蟬がワシワシ、ワシワシ鳴いていた。窓がカッと陽に燃えて、眼がくらむほど眩しい。小学校の夏休み一日目の朝だった。

「お、お母さん、おなか痛いって？」

「夜中からや。今度は二回目のお産じゃけ、生まれるのは早かろう」

一回目は言わずと知れたヒナ子のときだ。

「熊井の婆ちゃんに早よきて貰わにゃ！」

「す、す、す、すぐ行く！」

ヒナ子は飛び起きて寝間着を脱いだ。奥の間を覗きに行きかけたが、そんな暇はない。母親の百合子は産み月になったので、西瓜みたいなおなかを抱えて一昨日からこの家に帰ってきていたのだ。

こんなに膨らんでるのに、よくはち切れないものだと、ヒナ子は感心した。

大急ぎでゴムのギャザー・スカートを穿いて、ヒナ子は外へ飛び出した。上半身は木綿のシュミーズのままだがヘッチャラだ。

戸口で見送る祖父の菊二がいつもと同じことを言う。

「電車に轢かれんようにな」

八幡のおとなたちの口癖である。

「うん」

ヒナ子は駈け出した。

熊井助産院は電車道を渡って祇園町の裏通りにある。ヒナ子の足で走って十五分くらいだ。急がないと間に合わない。ヒナ子は走る。サトの口ぶりでは、赤ん坊はもうそこまできているみたいだ。

ヒナ子は妙な気がする。お客は普通、外からやってくるものだ。だが赤ん坊は百合子のおなかの中にいるのである。どこからかくるわけではなくて、百合子のおなかの中から、やってくるのだ。

変なやつ。

だがヒナ子だってずーっと前に、そうやってこの家にきたのである。

ただそのときのことを覚えていないだけだ。

ヒナ子の家に赤ん坊がやってくる！

おりから電車道にゴトゴトゴトゴトと電車が現れて、通り抜けていく。のろーい。何てのろい電車だろう。ヒナ子は待ちきれなくて足踏みした。

電車の正面の窓には、大きな捕虫網みたいなものが掛けてあった。人間が電車に轢かれそうになったとき、運転手が素早く中からこの網で掬い上げるという。しかしヒナ子はその光景を見たという人間にまだ会ったことがない。

熊井助産院に着くと、腰の曲がったお婆さんが出てきた。ヒナ子は重い診療鞄を抱え、産婆の熊井さんを連れて今きた道を取って返した。

「早く早く」

とヒナ子が急かすと、

「心配いらん、心配いらん」

と年寄りは言う。

「あんたのお母さんは安産型じゃ」

「アンザン？」

「そうよ。あんたもスルッと出てきたんじゃ」

ヒナ子はこの年寄りの手で頭を鷲掴みされて、無事にこの世に引き出されたのだ。産婆の熊井さんはせかせかと鶏が尻尾を振るように歩く。そしてヒナ子の頭から足元まで眺めまわして感慨深げに、

「大きゅうなったね」

と言った。

「はい」

ヒナ子は神妙に答える。

家に帰り着くと、産婆の熊井さんは鞄を受け取って奥の部屋に入った。菊二が井戸端で大きな釜にお湯を沸かしていた。今日は男手もいるのである。「今から満潮になるので、もうじき生まれるやろう」熊井さんがサトに言っている。海の潮が引いているときはまだまだ生まれないようだ。人の誕生には潮時がある。

「産婆さんは海も見んのに、どうして満潮がわかるのやろうか？」

ヒナ子はサトに聞く。

「潮の満ち引きは毎日必ず新聞に載っとる。時間が決まっとるんじゃ」

サトが柱時計を見ながら言った。海の潮とこの家の柱時計にどんなつながりがあるのか、ヒナ子は不思議だ。

奥の部屋から百合子の低い呻き声が流れていた。その陣痛もやがて少しずつ切迫してくる。

「痛い、痛い。もういやいや、ああばあちゃん、痛いっちゃ！」

普段から百合子はサトのことをヒナ子と同じように、ばあちゃん、と呼んでいる。子どもみたいだとヒナ子は思う。ヒナ子は襖のこちら側に座り込んでいたが、だんだん苦しそうに喘ぎだす百合子の声に、涙が溢れてスカートの膝にぽたぽたと落ちた。

「痛い！　痛い！　ああもう、いやや」

サトがそばで励ましている。

「百合子。いやと言うても、赤子はもうそこまで出てきようとぞ。おまえの子じゃけに、しっかり気張って産まにゃならんよ」

「お、頭が見えてきた！　もうちょっとじゃ。百合ちゃん、力入れて！」

と産婆の熊井さんが気色ばんだ。

「痛ーい。うーん、い、痛ーい！」

「それ、力ば入れんしゃい！　陣痛の波がきた」

「むむう……」

「その調子！　頑張って。良い波じゃ。どんどんくるばい。それっ、ひとおーつ。もうひとおーつ。良い波じゃ、くるぞ、くるぞ。それっ、力入れて、もうひとおーつ！　それっ、もうひとおーつ！」

ヒナ子はぶるぶると体が震えた。

襖の向こうは、どうやらもう海が満潮だ。ドドドッと潮が溢れているのである。海が押し寄せている。百合子はアップアップと溺れかけている。それでも産婆の声に合わせて必死で波を漕いでいる。

もうひとおーつ。

もうひとおーつ。

もうひとおーつ。

もうひとおーつ。

「ううーむむむ」

と百合子の呻く声が続く。

ヒナ子は、ううううう、とこちらの部屋で声を殺して泣いていた。

お母さん、そんなに痛いなら、もう産むのやめて！　赤ん坊なんか産まんでもいい。唇を噛んだ。

そのときである。

襖の向こうで突然、何かが沸騰したような激しい、絞り出すような声が響いた。

オギャーー。オギャー！

赤ん坊の泣き声だ。降って湧いたようなはじける声の登場である。ヒナ子は不思議な気持ちで聞いていた。オギャー。オギャー。オギャー！　と物凄い声で泣き立てる。もう百合子の呻き声はやんでいた。熊井さんの声もサトの声もしない。

部屋の中は赤ん坊の何だか絶叫みたいな、けたたましい産声でいっぱいになった。ヒナ子は頭がガンガンする。こんなに泣くのはよっぽど苦しくて外に出たかったんだろう。


とうとうヒナ子に弟が生まれた。

うまいことに学校は夏休みである。

一日ヒナ子は家にいて飽きずに赤ん坊を見ることができた。まだ猿のようで見た目は可愛くはない。眠っているか、お乳を飲んでいるか、泣いている。たいてい、泣いている。

ヒナ子は赤ん坊が泣くと二本の鶏ガラみたいな足をつまみ上げて、オシメを覗いてみる。濡れているど取り替えてやる。弟の股の間にはしわしわの小さな皮の袋が付いていた。見かけは小さな小さなジャガイモみたいだが、触ると中はふにゃふにゃだ。

「男ん子の大事なもんたい」

サトが言う。へー、とヒナ子。こんな色目の悪いしなびたジャガイモみたいなのが、大事なものだと。男の子は気味悪い生きものだ。

おしっこのときはオシメの中が蒸《む》れる。ウンコのときはヒナ子は臭いを嗅いで逃げていく。百合子が濡れた布きれで汚れを拭き取ってやる。

赤ん坊は足を広げて気持ち良さそうにバタバタする。変なやつ、とヒナ子は横から見ている。

汚くて、しかし可愛くて、面倒な生きものだ。

ヒナ子は井戸端で、人形ごっこの服みたいな小さい肌着を洗う。オシメも洗う。夏の井戸端でやる仕事だから結構、楽しい。

赤ん坊が生まれた日から毎晩、父親が仕事帰りにやってきた。赤ん坊を見に寄るのである。今まで、この若い男が貴田の家にきたのは数えるほどだった。百合子との結婚式の前後数回くらいだったか。ヒナ子は顔もろくに覚えていなかった。

菊二はこの男をヒナ子に会わせないようにしていた。再婚して貴田の家を出ていった百合子は、戸籍ではヒナ子の姉となっている。だから百合子の新しい夫はヒナ子の義理の兄になるわけだ。

しかし明治生まれの菊二には、そんな役所の戸籍はどうでもよかった。再婚しても、ヒナ子の実母は元のままの百合子である。ヒナ子の実父は何だかあまり良くない男だったようだ。それで菊二に離婚させられた。

ヒナ子は自分の父がどんなふうに良くない男だったのか知りたかったが、子どもの耳に入れないよう鍵がかけられた。だからヒナ子は初めから父親がいないも同然で、弟の父親なる人物が現れたとき、面倒な気がしたのだった。

赤ん坊の父親はウエシマヨウイチという。

サトや百合子の口から自然に聞き覚えた。

ウエシマは仕事帰りに、町で食事をすませてからやってくる。ここで食べていけ、とサトも言わない。ウエシマがくると、家の中はすうっと静かになる。百合子が夫を部屋に入れて、襖をピシャンと閉める。

ヒナ子がその襖を少し開けて覗く。

天井からぶら下がった三十ワットの薄暗い電灯がこのときばかりはキラキラ明るくて、弟の小さな体が百合子の手からウエシマの手に渡される。その赤ん坊はヒナ子の弟ではなくて、どこかよその子のようだった。そしていつも泣くくせに父親がくると、お利口にすやすや眠っている。

ケッ、とヒナ子は口をゆがめて鶏みたいな声を出す。

ウエシマはくる途中で、ヒナ子にキャラメルを買ってきてくれることもあった。

「気ば遣《つこ》うて貰うてすまんことやな」

サトが礼を言う。

ウエシマは一時間もいることなく帰っていく。

やがて弟に名前が付いた。

菊二が真っ白い半紙に「幸生《ゆきお》」と墨で書いて部屋に貼った。名前を考えたのはウエシマと百合子で、

「何や、優しすぎるような名じゃなあ」

とサトが言い、

「もう猛々しい名前の時代じゃなかろう」

と菊二がうなずいた。

それは温和しいウエシマが好みそうな名前だった。

幸生は毎日よく泣いた。

赤ん坊は泣きながら大きくなっていくものであるが、幸生は青白くて痩せていた。頬のこけた赤ん坊は可愛くない。そしていつまでも泣き続けるので、サトも百合子も困り果てた。幸生はどうしてこんなに泣くのだろう。

ヒナ子も当惑する。

あんまり泣くときは熊蟬みたいである。凄い迫力で泣き始めると、家の中は赤ん坊のゆえ知らぬ悲しみでいっぱいになる。

「やや子（赤子）は泣くのが仕事や」

とサトは言うが、幸生の息が詰まるような泣き声は、ヒナ子の耳にはこの世に怒りをぶちまけているようにも、悲しい叫びにも、苦しい悲鳴のようにも聞こえるのだ。

「や、や、やかましか！」

ついにヒナ子は夏休みの宿題帳を投げ出した。

うるさい。うるさい。ヒナ子はただ弟の泣き声がうるさいというのではない。幸生の切迫した泣き声を聞くと、自分にまで幸生の悲しみが乗り移ってくるのだった。

そしてその悲しみの材料というのは祖父母と三人暮らしであることや、その祖父母が年寄りでいつか自分のそばを離れていってしまうことなどだ。

それから、百合子が小さい弟にまるで奴隷みたいに仕えて、乳汁を飲ませていることも。

その幸生がこれまた百合子の乳首に小さい悪魔みたいにぴったりと張り付いて、容赦なく吸い続けていることも。

それから毎晩、サトが作るご飯が相も変わらず不味いことも、世界のすべてがヒナ子の悲しみの種になる。赤ん坊というものはもしかすると、この世に産まれてきたくなかったんじゃないのか。ヒナ子はそんな気にもなった。


ある日、サトがカラの湯飲み茶碗を持ってきて、

「百合子、これに乳汁ば絞ってみい」

と言った。百合子が胸をはだけて乳房を出した。授乳期の母親の乳房は青筋が立ち、乳首は黒ずんでいた。ヒナ子は恐ろしいものを見るようにそばで眺める。

白というより濁った灰色の汁が、百合子の乳首からぷちぷちと滲み出てくる。うえっ。とヒナ子が声を出す。気色悪う……。乳汁がじゅわじゅわと滴り落ちる。サトがその湯飲みを取って中を覗くと、いきなりグビリと飲んだ。

「うわっ。ばあちゃんが乳ば飲んだあ」

ヒナ子の眼が飛び出た。

百合子も口をゆがめて見ている。

「どう?」

「不味《まず》かのう」

とサトが言う。

「乳が美味しいわけないもん」

百合子は膨れる。

「何にしても出が悪かたい。絞ってもこんなチョロチョロの汁しか出んようじゃあ、幸生がいつまでも泣くはずや」

二人は目ばかりギョロつかせた赤ん坊を溜息をついて眺めた。ヒナ子のときはよく乳が出たという。百合子はうなだれて乳房を服の胸にしまった。

翌日、サトは平野町の八幡製鐵所の購買所に行って、幸生の粉ミルクを買ってきた。たいていの物はそこへ行くと揃う。サトは哺乳瓶に粉ミルクをサクリと入れて、お湯を注いだ。それをジャブジャブと四、五回振ると、自分でチューッと吸ってみる。

「あっ。ばあちゃんが飲んだ!」

ヒナ子が叫ぶ。

「ちょっとだけや。試しに飲んでみるだけじゃ」

サトはゴクリと飲み込んで、

「百合子の乳汁より美味いったい」

と言う。と、哺乳瓶のゴムの吸い口を幸生の口元に持っていく。すると幸生は顔をしかめ、唇をねじ曲げて小さい舌で押し返した。吸い口のゴムの感触が嫌なのだろうか。何度やっても駄目である。

そのうち火が付いたように泣き出した。

百合子とサトは途方に暮れる。


「蒲生《がもう》の乳の木」に詣りに行ってみようか、とサトが言い出したのは数日後のことだった。隣の小倉市の山手に蒲生という所があって、そこの何とかいう寺の裏にその木が立っているのだという。年寄り仲間から聞いてきたようだ。

バスで行って山道を少し登るのだった。サトが隣家の雑貨屋から瀬高のミツ江に電話すると、緑を連れて一緒に行くという。明治学園も夏休みである。ヒナ子は小躍りした。春以来、一度も緑に会っていない。

サトの話では瀬高の店は祇園町商店街から引っ越して、荒生田の町に移っていた。そこは八幡製鐵所の社宅街に近いので、克美のテーラーも繁盛するだろうと思われたが、案内された借家は何とそこからさらに山に入っていった田園地帯だった。

当然バスの本数も少なくて、ミツ江は前みたいに江藤家へ遊びにくることがなくなった。緑の通学もバスと電車を乗り継がねばならないという。

せっかくお客もついて繁盛していた店を、どうしてそんな辺鄙《へんぴ》な場所に移してしまったのか、子どものヒナ子だって変だと思う。これにはわけがあるようだが、何しろサトもよくわからないようだった。

けれどそんなことはヒナ子にはどうでもいい。

何しろ久しぶりに緑と一緒に山へ行くのだった。

翌日の昼、ヒナ子とサトは製鐵所の西門前から市電に乗った。小倉市の魚町電停で降りると、ミツ江と緑が先にきて待っていた。そして二人の後ろには、麦藁帽をかぶった背の高い案山子《かかし》みたいな男が立っている。

「ありゃ、克美さんじゃなかね。久しぶり」

「はい、義姉さん。その節はご心配をかけました」

挨拶をする克美の麦藁帽を取った顔は鋭く頬が削げていた。サトはしげしげと見上げる。これは悪相というべき男の顔である。

「この人は家に残してきたら何するかわからん。そやから一緒に連れてきたんよ。あんた、姉さんに挨拶がすんだら、さっさと行きんさい」

ミツ江が叱るように言う。

「どこに行きなさるか」

サトが克美の後ろ姿に声をかける。

「菅生の滝よ。あそこは涼しかけん、暇潰《ひまつぶ》しに遊んできたらええとよ」

とミツ江が代わりに答えた。

移転後の克美の生活は、どうやらミツ江の監視下に置かれているようだ。

「それでは義姉さん。わたしは別のバスで行きますけん、失礼します」

克美は逃げるように人通りの中へと去っていった。サトは黙ってそれを見送る。克美は何かミツ江に負い目があるように思えた。

蒲生の乳の木行きのバスはもうすぐに出るという。

ミツ江はバスの停留所に案内した。

市街地から出ていくバスは乗客が少ない。四人でゆっくり並んで座った。

「克美さんは毎日、家ん中でくすぶっとるんか」

「仕事場もない。仕事もない。そやから目を離すと昼酒を飲むから困るとよ」

サトはそれを聞くと溜息をついて口をつぐんだ。

「それより姉さん。あれは忘れてはおらんじゃろうね」

とミツ江が思い出したように言う。

「おお。百合子の乳当《ちちあ》てじゃろ？　ちゃんと持ってきた」

サトは膝の上の風呂敷包みを少し開いて見せる。百合子の洗いざらしのブラジャーのはしが見えた。

乳当て！

ヒナ子と緑はサトの言い方がおかしくて噴き出した。でもそんなのはまだましである。サトはときどきブラジャーのことを、乳兜《ちちかぶと》！　などと呼んだりした。

今日のような願掛け詣りでは、本人が行けないときは、代わりに本人の身に付けているものを持っていく。乳兜が今日の百合子の身代わりというわけだ。

ヒナ子がちょっと見なかった間にも、緑はまた少し娘らしい雰囲気を身に付けていた。話し方が落ち着いていて声も柔らかい。

しかしミツ江の顔は頬がこけてますます神経質に見えた。この夫婦は仲が悪いのに、そんな雰囲気だけは似ている。いつのまにかミツ江の眉間には、縦皺が一本、ナイフの刃を当てたように刻まれていた。

バスは市内を縦断する紫川《むらさきがわ》の堤に沿って、小倉の市街地を上へ上へと上がっていく。八幡の家から遠くに見慣れていた帆柱山頂が、ゆっくりと右回りに遠のいた。車窓に田畑が増えてくる。さっきまで大きな橋が架かっていた紫川の堤が消え、葦の繁る川の中に河童《かっぱ》みたいな裸の子どもの泳ぐ姿が見え始めた。

蒲生に着いてバスを降りると、古い寺の山門に向かっててくてくと歩いた。ミツ江とサトの日傘が陽に白く焼けるように光った。暑い。

石の階段を上ると門の左右に一体ずつ、筋肉の盛り上がった金剛力士像が両手を広げて待ち構えていた。今にも躍りかかってきそうで、ヒナ子は下を見たまま顔を上げないで通り抜けた。深い木陰から日向に出ると汗が噴き出す。蟬時雨《せみしぐれ》が見えない針の雨になって四人を刺した。寺の裏へ抜けると足元の草地が柔らかくなり、いつの間にか境内《けいだい》の外へ出ていた。

「あのね、うちのばあちゃんね、こないだ、お母さんのおっぱいの乳汁ば飲んだとよ。ゴクッて」

歩きながらヒナ子がばらしてしまう。

「まあ！　百合子おばさんのおっぱいを？」

緑が眼を丸くする。サトは平気な顔をして、

「何も吃驚することはない。百合子の乳の毒味をしただけじゃ」

「でも、ばあちゃんは人の乳を飲んだんじゃもん」

ヒナ子が気味悪そうな顔をする。

「何を言うか。自分の娘の乳ば味見して、何が悪い？　百合子の乳は、わしの乳と同じじゃ」

サトは妙な威張り方をした。

そのとき緑が向こうを指さした。

「あれ見て。あれが乳の木じゃないと？」

行く手に幹の太いむっくり、むっくりとした木が、踏ん張って立っている。腰をちょっと右に曲げて人間のような姿である。相当に樹齢を重ねた楠《くすのき》らしい。

「ほんと。おっぱいの木や！」

ヒナ子と緑は駈け出した。

木の幹の根元に近い辺りに、女の乳房そっくりの大きな瘤が二つ、むっくり、むっくりと膨らんでいる。左の乳房はやや大きく、右は少し垂れていて、乳首のような疣《いぼ》まであって、なまなましい。

「うわっ。大きなお母さんのおっぱい！」

木の幹の一部が突然、堂々たる女の胸に変わったような不思議な眺めだ。古木の楠は樹皮が黒いので、幹にできた乳房も色黒である。そのなまめかしい胸の上には首と顔がなくて、枝が伸びザワザワと葉が繁っている。

「ヒナ子。おっぱいを撫でてみい。乳汁が出てくるという話もあるぞ」

ヒナ子はサトに言われて、粗い皺のある楠のおっぱいをそっと撫でた。木肌は生きものみたいに温《ぬく》くて、今にも乳汁が流れてきそうだった。けれど何も出てこない。

サトは持ってきた百合子のブラジャーを取り出して、楠のおっぱいに巻き付けようとした。だが木のおっぱいは大きすぎて、手拭いをつないで巻いてやっと結んだ。サトはブラジャーを付けた木の幹に、恭しく手を合わせる。

「乳の木の神様。どうど、どうど、うちの娘の乳を出してくだされ。母も子も難渋しております。お助けくださ'い。どうど、どうど、よろしゅうよろしゅうお願い申しまする」

ヒナ子と緑がクスクス笑って見ていると、ミツ江が横から叱る。

「こりゃ二人とも。ばあちゃんが拝んどるんやから、静かにせんかい」

そのときふとヒナ子は、あっ、という顔をしてサトを見た。ばあちゃんは嘘をついた！　思わず声が出そうになって喉に呑み込む。

さっきサトは言ったのだった。

自分の娘の乳を飲んで何が悪いか。

けれどそれは違う。

サトは子どもを生んでいないのだった。

だから百合子の乳汁とサトの乳汁は同じじゃない。

貴田の家では百合子が貰い子であることは隠されなかったので、ヒナ子も小さい頃から知っている。

ばあちゃんの嘘つき。ヒナ子は舌を出した。ばあちゃんは、あたしのお母さんの乳ば飲んだ！

しかしサトは何食わぬ顔で太い顎を突き出して、楠の神様にもぞもぞと唱え続けている。

サトが子なしなら、ミツ江も同じである。二人の母親は十三人も子どもを生みすぎて、そのせいかサトもミツ江も自分の子どもに恵まれなかった。赤ん坊に乳を飲ませたことのないカラッポのおっぱいの、年寄り姉妹が「乳の木」の神様に拝んでいる。

「どうど、どうど、娘の乳ば出してください。どうど、どうど、よろしゅうよろしゅうお頼み申します」

横でミツ江も声を合わせた。

「どうど、どうど、お願いばします。お助けください。乳ばください」

ヒナ子は急にしんとして淋しい気持ちになった。


帰り道、寺の近くのうどん屋に入った。

ミツ江たちは克美と別々に家に戻る約束のようだった。それでバスが来るまでゆっくり休憩を取ることにした。ヒナ子と緑は冷やしうどんを土間の椅子席で、足が疲れたというサトとミツ江は向こうの小上がりで座って食べた。

「緑ちゃん。今どんなとこに住んどるん?」

ヒナ子は冷やしうどんを啜りながら聞いた。サトはなぜ引っ越しの手伝いに行ってやらなかったのか、ヒナ子は残念だった。ついて行きたかったからだ。

「小さい家よ。六畳と四畳半。店もない」

緑は微笑んでいる。

「そんならおいさんは一日何ばしとるん?」

「なにも」

緑はうどんを付け汁に入れた。

「新しい店ば探さんとね？」

「でもそんな貸家は見つからんのよ。せっかくあったと思うても、すぐに駄目になってしまう」

犬のジョンのため庭があるだけましだと言う。

仕事ができないのなら、おカネも入ってくることはない。するとこの先、瀬高の家はどうなるのだろう。

ヒナ子も緑も箸が止まってしまった。

小上がりの席を眺めると、サトとミツ江もうどんの丼を前にひそひそと話し込んでいる。

眉間に皺を寄せたミツ江の顔が、二人の会話の重苦しい中味を物語っていた。


瀬高克美はその頃、菅生の滝に登ってきたところだった。

途中までバスに乗って、道原浄水場からさらに上っていくと、福地山系尺岳《しゃくだけ》の山腹に入る。北九州の町は南へ登るとどっちを向いても鬱蒼《うっそう》とした山地に分け入ることになるのだった。

やがて行く手に北九州最大の三段に分かれた菅生の白い瀑布が見えてきた。

今度引っ越した家からは一時間ほどの距離だから、これまで何度か足を伸ばした。どこへ行っても滝には大抵、不動明王が祀られている。

今まではその不動明王が怖さに滝を敬遠してきたが、あるとき遠歩きのついでにここへくると、何と滝のそばから奥の境内や沿道まで、ずらりと石の地蔵が立ち並び、それに赤い焔を背負った不動明王まであちこちに何体も、飛沫のかかる滝口や、見上げる岩の上、境内の屋根の下にと、いたる所で剣を握って立っていた。

涼を求めてくる人々も多かったが、ここは仏像も溢れている。おかしな所だと克美は思った。胸元に赤い涎掛けを垂らした、地蔵のような可愛い不動明王もあった。そんなものにはあの小糸の親方の風貌などあるはずもない。よく見れば石の不動明王たちは、ちっぽけな玩具みたいな剣を持った、こけ脅しの石に彫られた人型である。

克美はほっとした。

激しい滝の音が克美の心を癒やすようだった。

親方から逃げて、逃げて、死んでからもなお逃げて、ここまできたという気がする。そして終着点に着いたような安堵感である。

アイスキャンディー屋がいたので、克美は一本買って橋の裏手に腰をおろしてしゃぶった。

そのときくぐもった声が後ろから響いた。

「おう、瀬高さんやないですか」

克美は驚いて振り返った。キャンディーの氷の塊が喉を滑り落ちた。息が詰まりそうだった。

親方。

ともう少しで声が漏れかけた。

「田中熊吉さん……」

克美はあわてて腰を上げた。

八幡製鐵所の高炉の火の神が立っていた。

いつ見ても上背のある老人は偉丈夫である。長い剣を握らせればこれこそ迫真の不動明王だ。

しかしこの老人が高炉に立つときは、摂氏一千度の銑鉄をかき混ぜるための、長い鉄のシャフトを握る。

「瀬高さんも涼みにお出でましたか。いやあ、しばらくご無沙汰しとります」

にこにこ笑って熊吉が言う。

克美も丁寧に頭を下げた。

三鬼社長の葬式の喪服を届けて以来だった。それ以後の克美の暮らしの転変を知らぬ、穏やかな顔が笑いかけている。後ろに熊吉の妻も一緒だった。

「これは奥様もお出でですか。気がつきませんで」

非番にはこんな所まで二人で出かけてくるのだろうか。克美の驚いた様子に熊吉が言った。

「じつは家内があちこちから聞いてきますんでな。北九州にはいろんなお神さんがおられるとです。胸の観音、頭の観音、足の観音に、眼の観音というてですな」

はあ、と克美は突っ立っている。

「ここには眼の病を治す観音さんがおられると聞いて、家内に引っ張られてきました」

胸の観音は胸痛から結核まで、頭の観音は脳病を、足の観音は足萎えを癒やすという。

この土地では拝む対象物はみな、お神さんと呼ぶ。有り難いものは神なのだ。

克美は熊吉の眼鏡の奥の隻眼をそっと見た。

女たちはみなどうして、こうも似たような生きものであるのだろう。克美は心の内で微苦笑する。

「それならわたしも心からお祈りいたします」

「いやいや、わたしは信仰心の薄い人間でして」

と熊吉はゆったりと手を振った。

「タタラの神様も一ッ目じゃというのに。どこの神仏《かみほとけ》もどうしようもなかでしょうもん」

ははは、と熊吉は妻を振り返って笑った。

高炉の熊吉さんの一ッ目。

町の噂を老人はむろんとうから知っている。淡い哀愁が老人の白髭の顔に浮かんでいる。

「そんなら瀬高さん。またお会いいたしましょう」

熊吉が言った。

克美は口ごもった。

熊吉はまたそのうち店にとは言わなかった。

もし彼が「近いうちに行く」と言ったなら、「お待ち申し上げております」と返さねばならなくなる。そしてそれは嘘をつくことになるのである。克美の店はもう祇園町にはないのだった。

熊吉の、また会いましょう、という言葉は「さようなら」の意味である。

田中熊吉は会社を経営する高橋や鶴崎のような、舶来のスーツに身を包む男たちとは違う。彼が必要とする誂えのスーツは八幡製鐵の三鬼社長の死に参ずる喪服くらいだろう。

克美も深々と頭を下げた。

「はい。有り難うございます」

店を移転したことは言わなかった。

高炉の火を守るこの熊吉老人の耳に、そんな話を入れる必要はない。

どうぞお達者でおられてください。さようなら。

克美は心の内でつぶやいて、二人の後ろ姿を見送った。


（第一部了）

村田喜代子（むらた きよこ）
一九四五年、福岡県八幡（北九州市）生まれ。八七年「鍋の中」で芥川賞受賞。九〇年「白い山」で女流文学賞、九七年『蟹女』で紫式部文学賞、九八年『望潮』で川端康成文学賞、九九年『龍秘御天歌』で芸術選奨文部大臣賞を受賞。二〇〇七年、紫綬褒章受章。一〇年『故郷のわが家』で野間文芸賞、一三年『ゆうじょこう』で読売文学賞受賞。著書に『蕨野行《わらびのこう》』『人が見たら蛙に化《な》れ』『あなたと共に逝きましょう』『光線』『屋根屋』など多数がある。

初出＝『こころ』Vol.12〜Vol.22
（二〇一三年四月〜二〇一四年十二月刊）

JASRAC 出 1416865-401

八《や》幡《はた》炎炎《えんえん》記《き》

二〇一五年二月一〇日　初版第一刷発行

著者　村田喜代子
絵　堀越千秋
装幀　毛利一枝
発行者　西田裕一
発行所　株式会社平凡社
〒一〇一-〇〇五一　東京都千代田区神田神保町三-二九
電話〇三-三二三〇-六五八三〔編集〕
〇三-三二三〇-六五七二〔営業〕
振替〇〇一八〇-〇-二九六三九
印刷・製本　中央精版印刷株式会社
DTP　平凡社制作

ISBN978-4-582-83683-7
NDC分類番号913.6　四六判(19.4cm)　総ページ264
平凡社ホームページ　http://www.heibonsha.co.jp/